Né en 1926 au Maroc, Driss Chraïbi est l'un des premiers grands écrivains maghrébins de langue française. Il est l'auteur de *L'Âne, Le Passé simple* et des *Boucs*. Il a reçu de nombreux prix littéraires dont celui de l'Afrique méditerranéenne pour l'ensemble de son œuvre en 1973, le prix de l'Amitié franco-arabe en 1981. Driss Chraïbi s'est éteint en avril 2007 dans la Drôme, où il résidait.

Driss Chraïbi

UNE PLACE AU SOLEIL

ROMAN

Denoël

TEXTE INTÉGRAL

ISBN 978-2-7578-2587-7
(ISBN 2-207-24133-5, 1re publication)

À Sheena.

« Chéri, m'a-t-elle dit, attends au moins que j'enlève ma culotte. »

D.C.

J'ai essayé d'interviewer Freud. Je me suis annoncé à son appartement à l'heure du repas, vers midi. J'ai sonné au 9, Bergstrasse, et la bonne m'a dit que Herr Professor déjeunait. J'ai patienté, en regardant le divan et cette magnifique collection... des centaines d'antiquités romaines et grecques (...) Freud est sorti pour me voir, avec sa serviette autour du cou : « Herr Wilder ? » *a-t-il dit.* « Jawohl, Herr Doktor ! » *j'ai répondu.* « La porte est par là », *dit-il.*

Interview de Billy Wilder,
par François Forestier.
Nouvel Observateur, n° 1510,
du 14 au 20 octobre 1993.

À l'intention des charmantes lectrices (et des messieurs de mon sexe, le cas échéant) qui vont bientôt faire ma connaissance, je tiens à déclarer avec toute la solennité de la loi du 11 mars 1957, article 41, alinéas 2 et 3 :

premièrement, que toutes les scènes de ce livre, y compris les plus loufoques, sont dues à mon imagination cartésienne ;

deuxièmement, que tous les personnages sont fictifs, à deux exceptions près : le Maroc où se déroule l'action – et moi, bien entendu.

Signé Inspecteur Ali

1

Il sortit du commissariat central par une fin d'après-midi, en catimini – un grand escogriffe âgé à vue d'œil d'une trentaine d'années, hagard, maigre et famélique comme un matou oublié dans un grenier. Il était vêtu d'une salopette trouée aux genoux, effilochée au bas des jambes. Mais il arborait une cravate en soie, aux armes du Royal Golf Club, et ses souliers étaient tout neufs, si neufs et si vernis qu'ils réfléchissaient à chaque pas les rayons du soleil couchant. Sur son visage barré d'une moustache en brosse à dents, la dignité outragée le disputait à la calamité du monde arabe dans son ensemble.

– Bistournés ! jeta-t-il avec fureur.

Et il cracha droit devant lui, par-dessus la tête d'une vieille touriste américaine qui était en train de photographier le planton, curiosité exotique s'il en fut. Sans placer un mot plus haut que l'autre, il lui dit avec un large sourire :

– T'es pas contente, la mémé ? Et ça ose se mettre en short avec ces guiboles sarmenteuses couleur Ketchup ? T'es pas morte à ton âge, de honte et de nécrose ? Allez, dégage ! fissa ! Va-t'en de là avec ta mocheté !

La compatriote de Bill Clinton ouvrit la bouche pour lui réclamer une traduction et il la lui fournit sans barguigner, en un slang salace à souhait. Rouge et le dos raide, elle s'en fut avec les petits pas de Kissinger Henry, invoquant un certain « my Lord ». Le planton qui montait la garde à côté de la guérite avait vite détourné les yeux. Très vite, comme s'il y allait du salut de son âme – et, par voie de conséquence, du salut de son petit chèque mensuel. Il serra les dents, peut-être aussi les fesses – va savoir ! À deux mains il comprima son abdomen, au niveau de la rate. Il se garda bien d'aventurer ne fût-ce qu'un doigt dans les parages de sa vessie : elle était pleine. Le couscous de la cantine était pâteux, tiédasse, et il l'avait fait descendre à l'aide de deux ou trois cannettes de bière. Tout l'après-midi, il avait bouilli debout dans son uniforme d'hiver, à la recherche d'un semblant d'ombre ou d'un souffle d'air. Mais l'air était aussi immobile que le programme du gouvernement ou ceux de la télé. Quant à la guérite censée le protéger des ardeurs du soleil, il l'avait évitée soigneusement : ce n'était rien d'autre qu'une étuve en provenance directe de la géhenne. (Non, le Grand Chef dans son bureau climatisé n'avait pas encore donné l'ordre aux policiers de se mettre en tenue d'été. On n'était que le 20 juin, dis donc ! Le règlement était le règlement, fournaise ou pas : l'entrée en vigueur du solstice aurait lieu officiellement le 21, à minuit pile.)

Dans une dizaine de minutes, disons dans une demi-heure de temps, il irait enfin se soulager. D'un seul jet, dans les cabinets turcs des subalternes. D'ici là, il lui fallait tenir le coup, garder son calme, éviter tout geste intempestif, rester maître de la situation et de ces fichus sphincters. C'était un brave homme de flic, père de famille nombreuse, dix-sept ans de service – non ! pas encore gradé, mais son supérieur lui avait laissé entendre qu'un de ces jours, lors de la prochaine promotion et du prochain anniversaire du Roi, il se pourrait bien que, par Allah et le Prophète et cetera. C'était peut-être un peu flou, dans un avenir des plus élastiques, mais il fallait ce qu'il fallait : attendre avec le pauvre monde ; et il ne fallait pas ce qu'il ne fallait pas : s'énerver et baiser les mains et cirer les pompes pour un avancement qui ne modifierait que peu, si peu, le montant de ses émoluments. Pour l'heure, il se sentait solide dans ses godasses, un privilégié en regard des légions de demandeurs d'emploi. Et il ne souhaitait rien d'autre que de terminer sa journée dans l'honorabilité inhérente à ses fonctions. Il se mit à examiner ses ongles afin de conjurer le sort. Et puis…

Et puis, en dépit de son pouvoir de concentration, il risqua un œil à la dérobée. Le referma aussitôt.

– Seigneur ! pria-t-il mentalement. Faites que la terre s'ouvre sous les pieds de ce macaque et l'engloutisse séance tenante – ou tout au moins qu'il tourne le coin de l'avenue et disparaisse de ma vue ! Je n'en peux plus à la fin des haricots. À vous la puissance et la gloire, Seigneur !

L'homme à la salopette finissait de traverser la largeur du trottoir, sans se presser, probablement pour ne pas user ses semelles. Parvenu à hauteur des feux tricolores, il s'arrêta. Il roula une cigarette en prenant tout son temps, l'alluma avec un briquet à essence dont la flamme avait la hauteur d'une torche. De toute la capacité de ses poumons il aspira une longue bouffée, la rejeta par les naseaux, en même temps que les jets de sa colère. « *Biscornés ! cornards ! encollés de mes deux ! coqs au vent !* » Treize heures d'interrogatoires et de rognures de paroles et de « gauches de l'homme », sans manger, sans boire, sans fumer. Comme si l'Arabe était d'abord un suspect. Treize heures d'explications et de marchandages avant de pouvoir sortir du commissariat central, la queue entre les jambes et la rage au cœur. L'Arabe était-il redevenu l'étranger qu'il avait commencé par être ?

– Mais je n'ai pas dit mon dernier mot, conclut-il à mi-voix. Parce que, moi, je ne remets jamais au lendemain ce que je peux faire le surlendemain. Patience, fideputes ! Patience !

Il tira sur sa cigarette jusqu'à l'ultime centimètre. Il écrasa le mégot entre le pouce et l'index, le remisa dans sa poche à toutes fins utiles. Et, sans transition aucune, il passa de la chèvre au chou : c'est-à-dire qu'il se mit brusquement à marteler à coups de poing la portière d'une voiture sans âge qui venait de s'arrêter au feu rouge, dans un nuage de fumée noire. Très civilement, il montra au conducteur son insigne de police.

– Inspecteur Ali, se présenta-t-il. Brigade criminelle.

– Je n'ai tué personne, dit le pauvre bougre. (Sa pomme d'Adam montait et descendait, volumineuse.) Et j'ai déjà soixante-sept ans.

– Xactement, rétorqua l'inspecteur Ali. Et dis-moi : l'huile qui est en train de mijoter dans ton moteur, c'est de la graisse de cochon ou quoi ?

– Ben, répondit l'autre, je me dirigeais justement vers le garage, pour la vidange et tout ça.

– Xactement, répéta Ali, les gencives découvertes. Tout arrive à point pour ceux qui savent saisir les coïncidences par la peau du cou. Et dis-moi, papa : le pneu arrière gauche, c'est du savon de Marseille ou une savonnette parfumée pour donzelles ?

– Après la vidange, peut-être avant, je m'étais dit que je ferais bien de changer de pneus, tous les quatre pourquoi pas ?

– Xactement. De jantes aussi ? de rétroviseur, de pot d'échappement ? Et si tu changeais carrément de bagnole, hein, grand-père ?

– Ça, c'est une idée ! Par Allah !

– Allah n'a pas le permis. Nulle part dans le Coran, il n'est fait mention de cette chose appelée « automobile ». Et dis-moi, mon oncle motorisé, qu'est-ce que tu fais dans la vie ?

– J'essaie de vivre, inspecteur. Je bricole avec mon existence. Des jours, ça peut aller. La plupart du temps, ça ne va pas du tout.

– Xactement. Personne ne t'a forcé à voter. Et tu vas où, avec cette chignole d'enfer ? À la casse ?

– Non, inspecteur. Oh non ! Je me dirige tout droit vers le garage, je te l'ai dit.

– Et où il est, ce garage ?

– Au quartier Ben Msik.

– Ma parole d'horreur, s'exclama l'inspecteur Ali au comble de la jubilation, c'est par là que j'habite. Tu vas pouvoir m'y conduire. Gare-toi sur le trottoir. J'en ai pour un petit moment.

Et, tout d'un bloc, il vira sur ses talons joints, fit face au planton.

– Tu connais la dernière ? lui demanda-t-il à brûle-pourpoint.

– Non, répondit le flic. Pas le moins du monde. Je n'écouterai pas un mot.

Il essaya bien de se boucher les oreilles avec les index, mais sa curiosité était piquée au vif.

– L'histoire est culturelle, fit remarquer Ali. Voire civilisationnelle.

– Ah bon ? dit l'autre, qui n'entendait goutte aux mots abstraits, dits d'importation. Alors dans ce cas…

– C'est une petite Parisienne, à bord de sa petite voiture toute mignonne comme elle. Elle vient tourister chez nous – tourisker, quoi ! Pas à Casablanca, pas à Tanger, ni à Marrakech, ni à Agadir, ni à Fès, ni même à Settat ou Sidi Kacem Bou Asria. Au bled, à la cambrousse, là où il y a encore de la poésie. La voilà donc sur un sentier pierreux, sans aucun poteau indicateur en quelque langue que ce soit. Ça la change de ces autoroutes à péage, jalonnées de panneaux publicitaires et de bouffe-vite qui vous servent de l'étouffe-chrétien. Brusquement c'est la panne. Le moteur s'arrête, l'autoradio s'arrête, les roues ne veulent plus tourner. Le soir tombe, la campagne est rase. Pas une queue de chien – de quoi lui occuper les mains, à défaut d'autre chose.

– Ha ! fit le flic. C'est triste.

– Après le soir, survient la nuit, poursuivit l'inspecteur Ali. (Sa figure était devenue une désolation.) Une nuit noire, mystérieuse, moyenâgeuse, comme au temps où il n'y avait pas de plantons valeureux comme toi, en train de se transformer en eau de par la force de la loi.

– Haha ! fit le flic. C'est très triste.

– Oui. D'autant qu'elle portait une robe légère, avec une culotte évasée je crois bien. Mais je n'ai pas eu le temps d'approfondir le dossier. Et puis, surgit une lumière à l'horizon. Elle s'approche, se renforce, s'arrête. C'est un cycliste. Il met pied à terre, s'informe. « Non, mademoiselle, pas de station de dépannage à des lieues à la ronde. Mais il y a le forgeron du village. Il possède une mule. Tu laisses ta voiture ici, tu grimpes sur le cadre de mon vélo parce que je n'ai pas de porte-bagage, et demain la mule viendra tirer la voiture jusqu'à chez nous. »

– Haha ! fit le flic. Elle est tombée sur un brave gars. Vaillant et tout ça.

– Vaillant ? releva l'inspecteur. C'est le mot qui convient, à cent pour cent. Elle monte sur le cadre du vélo et le vaillant petit gars pédale, pédale, un kilomètre, deux kilomètres, quatre, huit… Ils arrivent au village, devant le foundouk brillamment éclairé par des lampes à carbure. Hmmm ! ça sent bon les brochettes en train de rôtir sur un feu de charbon de bois. La jeune femme met pied à terre, se retourne pour remercier son bienfaiteur et s'évanouit à l'instant.

– Ah ! Elle n'aimait pas les brochettes ?

– C'était un vélo de femme, sans barre transversale.

Le flic souleva légèrement son képi, se gratta la tête, bouche ouverte.

– Hon ! fit-il soudain en poussant une sorte de hennissement. Hompf !

Et il s'écroula tout à trac, se tint les côtes, se roula par terre.

– Pourquoi tu rigoles ? s'étonna l'inspecteur Ali, les yeux écarquillés. Qu'est-ce que j'ai dit de drôle ?

– Et voilà ! conclut le planton d'une voix plaintive. Je me suis fait avoir hier… je viens encore de me faire avoir… Et voilà !… Aussi indigne qu'une vieille bonne femme chaude-pisseuse ! Et je n'ai que deux tenues… Je n'en ai pas de rechange… Je… Je préfère donner ma démission. Ah oui ! par Allah et le Prophète !

Il se releva sur ses deux pieds, défit son ceinturon, son baudrier, ses gantelets blancs, ôta son képi, son uniforme, fourra le tout en vrac dans la guérite et, en caleçon long détrempé, il livra ses jambes au vent.

L'inspecteur Ali se frotta longuement les mains, comme s'il les lavait au savon. À la suite de quoi il fit volte-face, ouvrit la portière de la guimbarde et s'installa à côté du conducteur qui se trémoussait derrière son volant – va savoir pourquoi !

– Démarre ! lança-t-il. Trace. Tu connais la dernière ? C'est un type qui raconte une histoire à mourir de rire en plein Conseil des ministres. L'un après l'autre, les membres du gouvernement tombent raides morts. Tu veux que je te la raconte ?...

Un agent réglait la circulation au carrefour, avec son sifflet, son bâton blanc et force gestes comminatoires. Il vit débouler un tas de ferraille grinçant, zigzaguant, suivi d'une lave de suie. Il se prépara à verbaliser sans pitié ni explications. Il avait déjà à la main son carnet à souches et un crayon-bille pointé vers les délinquants. Et puis... et puis, un bref coup d'œil sur les occupants de la voiture lui suffit pour détourner la face. L'un d'eux avait les dents découvertes. Il ne tenait même pas le volant. Quant à l'autre...

Assis sur le divan du salon, les pieds dans un baquet d'eau chaude, Ali épluchait les deux quotidiens nationaux. L'un était plus intellectuel que l'autre ; mais, des gros titres aux annonces légales, c'était du tout-venant. LE DERNIER TRONÇON DE L'AUTOROUTE SUD A ÉTÉ MENÉ À BONNE FIN GRÂCE

AUX HAUTES DIRECTIVES DE SA MAJESTÉ LE ROI, QUE DIEU L'AIT EN SA SAUVEGARDE ! Ou bien : SELON LES DIRECTIVES DE S.M. LE ROI, LE DERNIER TRONÇON DE L'AUTOROUTE SUD A ÉTÉ ACHEVÉ. Tout en lisant, Ali écoutait ses os, essayait de mettre un semblant d'ordre dans le fouillis de ses idées. Lentement, une à une, il tournait les pages. *Pour cadre(s), chef(s) d'entreprise stressé(s) et plus, dans une ambiance participative et décontractée, pour RÉAGIR, faire une pause et un bilan, dédramatiser LA crise, intégrer les bouleversements, analyser les échecs, fiabiliser les priorités pour retrouver les repères...*

– Boudiou ! se dit l'inspecteur Ali. Faut que je me rencarde sur ce gars, ça m'a l'air louche.

Le marché des changes le laissa rêveur, le coin des poètes faillit lui arracher une vieille larme. *Détourner la trace. Jouer dans les orles de la trace, s'y perdre un peu. Le vent brouille toute focale. Éclat du verre ou du plaisir aigu par où s'infiltre – à part égale – la nuit. Rester collé à la blessure. Excluant l'inconnu, une vieille femme conte comme ce bœuf-là avait du vermillon dans le sang.*

– Quel bœuf ?

Poule A, première division. 6' 31'' 2/10. Notre champion national nous a déclaré en exclusivité : « La piste est très rapide mais j'ai été gêné par la température. Il faisait trop chaud et je l'ai payé sur la fin. »

– Boudiou ! répéta-t-il à mi-voix.

Soigneusement, il déchira les deux journaux, en fit des boules qu'il tassa dans ses souliers neufs, de quoi leur garder la forme et le moral. Les événements dont il venait de se repaître concernaient un autre monde. Le monde était là, visible et audible, sans journalisme – et d'abord dans cet appartement de deux pièces-cuisine, au quartier du plus grand dénominateur commun. Installée dans un fauteuil recouvert de faux velours, Zoubida suivait bouche bée le dernier épisode de la chaîne « Ma Bonne Est Contente » (Middle East Broadcasting Corporation), un abreuvement de films égyptiens ou des feuilletons indiens diffusés par satellite depuis Londres – avec des capitaux saoudiens et koweitiens – et que pouvait capter n'importe quel téléviseur. Bien sûr, elle avait baissé le son à l'arrivée de son mari, mais la guimauve sirupeuse noyait l'image, avait tendance à déborder le petit écran. Un papier tue-mouches pendait du plafond, avec quatre ou cinq bestioles engluées ; leurs consœurs qui tournoyaient tout autour par légion avaient apparemment une bonne vue. Sur une table de nuit, un téléphone à cadran et son répondeur. Accrochés sur deux murs qui se faisaient face, presque à la même hauteur, le portrait de Sa Majesté et le diplôme d'inspecteur principal orné dans un coin de la photographie d'Ali : placés ainsi, l'un surveillait l'autre. Une jambe repliée sous son postérieur rebondi, Zoubida grignotait des graines de pistache. Elle était bien belle en ses vingt-deux printemps. Mais que faisait-elle donc de sa beauté et de sa viande ?

Le monde entrait par la fenêtre ouverte – la seule fenêtre sans barreaux de tout le voisinage. Quelques gamins montaient une garde vigilante auprès de sa Peugeot noire. Tout à l'heure, en rentrant chez lui, l'inspecteur Ali les avait félicités, leur avait distribué quelques pièces de monnaie. Ils avaient astiqué la voiture, surtout les enjoliveurs. Il avait également fait une partie de golf avec des adolescents désœuvrés. N'importe quel bâton pouvait être un club, une pierre plate faisait office de tee ; quant aux trous, il y en avait bien plus qu'au Royal Golf Club, du côté du Palais impérial. Une fillette tout en jambes lui avait montré son cahier de vacances et une boîte d'allumettes qu'elle avait ouverte au ralenti : elle contenait son trésor, la dent de lait qu'elle venait de perdre. Il lui avait donné un bisou dans le cou. *« Tu piques, inspecteur Ali ! »* Un âne rouge se battait les flancs au coin de la rue. Près de lui, son maître faisait un petit somme, emmitouflé dans sa djellaba. Des ménagères lavaient le trottoir à grande eau, jacassaient, riaient à gorge déployée. D'autres se relayaient autour d'une tête de mouton en train de rôtir sur un brasero, la saupoudraient de cumin et de poivre rouge. Les effluves qui en émanaient lui mettaient l'eau à la bouche, le réconciliaient avec cette fin du XXe siècle sans nature et sans bouffe. *« Inspecteur Ali !... Inspecteur Ali !... »* De toutes parts étaient accourus à sa rencontre des solliciteurs, pour une contravention à faire sauter, une recherche dans l'intérêt des familles, un emploi éventuel dans la police, une demande de visa qui traînait quelque part depuis un an ou deux. À tous, il avait jeté les mêmes paroles : « *Demain... On verra demain...* » Il revenait d'un voyage de chien en Algérie, il sortait d'une très longue séance de discutailleries avec ses chefs, il était affamé, à cran.

Les pieds dans le baquet d'eau chaude, Ali essayait de faire le point. Au début, tout avait été très simple – du moins à son avis : on l'avait envoyé à Alger afin de se renseigner sur un dénommé Untel qui n'arrêtait pas de franchir la frontière comme un passe-muraille et qui était à cheval entre les forces de l'ordre et la branche armée du Front islamique du salut. Il n'avait pas hésité un seul instant. Il était allé frapper à la porte du Colonel, dans sa résidence, au quartier Hydra. Moustachu, le front dégarni, les yeux fureteurs, le Colonel l'avait reçu comme un vieil ami. (Ali lui avait rendu quelques services du temps où le Colonel était premier ministre de la République algérienne.) Les histoires drôles avaient épicé l'atmosphère, l'avaient dédramatisée. Des mots avaient grimpé sur d'autres mots et, par allusions, par des suggestions ténues, toute la pétaudière algérienne s'était dévoilée dans ses ramifications internationales. Si l'on mettait en avant tel ou tel groupe, c'était de bonne guerre. Seules les victimes ne s'en relevaient pas. Les oreilles affûtées comme celles d'un renard qui renifle de très loin la menstrue d'une renarde, l'inspecteur Ali écoutait sans perdre une syllabe, une intonation à double sens. Oh oui ! il pouvait se fier au Colonel : celui-ci n'avait-il pas dirigé la redoutable Sécurité militaire seize années durant ?

– Je n'ai pas dit un mot, fit remarquer le Colonel.

– Je n'ai pas entendu la moitié d'un seul, rétorqua Ali.

– Ton pays est bien différent du mien. Sauf pour la police.

– Xactement, approuva Ali. On sait déjà, ici ou là-bas, que nous nous sommes rencontrés. Il était excellent, ce verre que nous n'avons pas vidé. Haha !

Et il s'en fut prendre l'avion, content de lui et de la moisson de renseignements qu'il venait de récolter et qui pourrait lui servir un jour… Durant son voyage de retour, il fut en butte aux réprimandes de sa voisine, une ménopausique féministe à vue de nez. Elle ne supportait pas la fumée de tabac – son petit toutou non plus, qui couinait dans son panier en osier. En conséquence, il n'arrêta pas de cloper sans daigner lui répondre. Il émit même quelques bruits incongrus, pour faire bonne mesure. De temps à autre il se grattait, aux endroits troués de sa salopette – mais c'était là signe de cogitation. Il fabriqua dans sa tête un dossier en béton dont le dénommé Untel, objet de sa mission, était le personnage principal. Il savait qui il était, ce qu'il faisait, et comment le coincer le cas échéant. Il savait aussi et surtout que ce n'était qu'un pauvre bougre, un Arbi sans importance dans cette gigantesque partie qui se jouait à feu et à sang, les milliards de dollars en plus. Et pourquoi donc ce couillon remuait-il du vent, tel un *insectuel* en mal de copie ou en manque de publicité ? Il ne connaissait personne, ni dans les instances du FIS ni dans les hautes sphères de l'État. L'inspecteur Ali se promit de le coffrer à la première occasion, avec des chefs d'inculpation en acier suédois.

À l'aéroport Mohammed-V, il avisa un de ses collègues de la police de l'air et des frontières. Il lui offrit un gros cigare tacheté de vert, fit signe du pouce en direction des passagers.

– Vise-moi cette cagote qui toutoune son chouchou, lui dit-il à mi-voix.

– Vu. La dame au petit chien. J'en fais quoi ?

– Contrôle d'identité à la Pasqua. Du droit du sol au droit de se la boucler. Elle n'a pas une tête d'Arabe. En combien de temps pourrais-tu arriver à bout de ce cigare ?

– Une demi-heure, chef.

– Mettons une heure, conclut l'inspecteur Ali. Enferme-toi avec elle dans le cagibi que tu sais et fume. Fume !

Il rentra chez lui et niqua sa femme, à sec, malgré ses cris de « putoise ». D'accord ! c'était du viol pur et simple, mais sa marchandise du haut avait failli éjaculer dans l'avion. Il était marié, que diable ! Et puis, pourquoi faisait-elle tout le temps la gueule et presque jamais l'amour ? Un peu plus tard, il y revint, à deux reprises. Et, ces deux fois-là, elle prit son plaisir. « Allons bon ! » se dit Ali. Elle poussa même des brames de sous-bois. « Allons bon ! se répéta-t-il. Va falloir que je m'attelle à cette vieille enquête sur le sexe dit faible. C'est de toute nécessité. » Et brusquement il lâcha un jet de rire en même temps qu'une dernière giclée de ce que vous savez.

– Qu'est-ce que tu as, mon homme ?

– La joie, ma gazelle.

Il venait de se rappeler. Il avait ramassé dans l'avion un hebdomadaire gauche caviar. Il l'avait feuilleté. Bof ! toute une page sur la Bosnie pour ne rien dire. Deux pages et demie sur un écrivain albanais, qui c'est, celui-là ? Et puis, une petite annonce lui avait sauté aux yeux. *Couple très uni, B.C.B.G., lui 40 ans, elle 36, cherche couple même profil pour la satisfaire par des caresses et autres. Échangisme exclu.*

– Allah Akbar ! pria-t-il *in petto*. De ce côté-ci de la Méditerranée ça peut encore aller, avec le contrepoids de la religion. De l'autre côté, c'est la démocratie à l'état pur, même au niveau de la culotte. Qu'est-ce que ça doit être en Amérique, ma parole d'horreur !...

Et il s'endormit, les bourses plates et l'âme en paix.

Le lendemain matin au commissariat central. Bureau du Grand Chef. Cinq ou six autres chefs, moyens et petits. Et tous lui posaient des questions à bout portant, sans sommations, lui montraient le même fax : le Colonel s'était fait descendre la veille. Lui, son fils, son frère, son chauffeur et son garde du corps. Une demi-heure après son entretien avec Ali. Tu es la dernière personne à l'avoir vu vivant.

– Tu es bien inspecteur de police, si je ne m'abuse ? Inspecteur principal, si ma mémoire est bonne ?

– Ainsi tu le connaissais. Depuis quand ?

– Qui t'a donné son adresse ?

– Les terroristes t'ont pisté jusqu'à chez lui et tu n'as rien remarqué ? rien du tout ?

– À moins que tu n'aies partie liée avec eux, si ça se trouve ?…

Ils se relayaient, tenaient des conciliabules, consultaient son dossier, tapaient sur un ordinateur. Leurs voix étaient aussi tendues que leurs visages, aussi grises.

– Commence par le commencement. Prends ton temps.

– Nous sommes dans un État de droit.

– Qui t'a permis de t'asseoir ? Et éteins-moi cette cigarette !

Pourquoi parlaient-ils tant ? Toute parole nuit à la pensée. Avaient-ils oublié qu'il faisait partie de la maison, qu'il était le meilleur spécialiste des interrogatoires ? Il avait amené plus d'un suspect coriace aux aveux, sans aucune question de quelque ordre que ce soit. Simplement en gardant le silence. Oh oui ! il pouvait leur apprendre le métier. Mais ils se préoccupaient moins du métier que de leur chefferie et de leur officialité. Ils étaient installés depuis longtemps dans la vie grasse.

– Donc tu as pris l'avion pour Alger…

Des heures durant, Ali s'en tint à sa version, sans varier d'un iota. Il avait pris ses renseignements en haut lieu, il avait repéré le suspect, il pouvait le leur livrer pieds et poings liés. Point à la ligne. Le reste ne le concernait nullement. Il sentait leur peur : ils devaient tôt ou tard en référer à qui de droit… au… au ministre.

À la fin de la journée, il fit claquer ses phalanges, posément, une à une. Il y avait une limite à tout, même dans une réunion de gradés. Il dit :

– Votre religion est faite, à ce que je constate. Mais il y a quelqu'un qui a son mot à dire, quelqu'un qui est au-dessus de nous tous : Sa Majesté. Vous permettez que je lui passe un coup de fil ?

Et, dans le silence sidéral qui suivit ces mots, il se dirigea tranquillement vers le téléphone, composa un numéro à toute vitesse, appuya sur la touche du haut-parleur. Il posa sa montre sur le bureau, se mit à suivre attentivement la marche de la trotteuse.

– Sa Majesté n'aime pas les longs discours… Allô ? Palais impérial ? Ici l'inspecteur Ali, priorité absolue. Je voudrais parler à Sa Majesté.

Il toussa, joignit les talons. Du coin de l'œil, il vit que les autres en faisaient autant. Une voix s'éleva, amplifiée par le haut-parleur, reconnaissable entre mille :

– Alors, inspecteur Ali, te voilà de retour ?

– Oui, Sire.

– Es-tu seul ?

– Oui, Sire. Comme il se doit.

– Nous gardons en toi une confiance indéfectible.

– Mille grâces, Sire. Dieu vous protège !

– À très bientôt. Nous te ferons signe.

Et la ligne fut coupée. Ali raccrocha. Il tira de sa poche un mouchoir à carreaux, s'essuya le front, la nuque. Il transpirait de vénération – et de trouille, peut-être bien. Il dit sur le ton de la conversation :

– Vous avez encore besoin de moi ? Eh bien, dans ce cas… Non-non, ne me raccompagnez pas. Je connais le chemin.

La première chose qu'il fit en rentrant chez lui, ce fut d'aller embrasser à pleines lèvres le répondeur téléphonique et d'en retirer la cassette. Une cassette de sa composition, avec les paroles qu'il fallait et les pauses qu'il fallait, au dixième de seconde près. Qui diable aurait pu se douter que l'inspecteur Ali était un imitateur hors pair, doublé d'un technicien de génie ? Oh oui ! il avait eu peur en présence des chefs flics. Mais l'audace payait à tout coup. L'absurde aussi.

Il vida le baquet d'eau par la fenêtre. Il s'essuya les pieds à l'aide d'un torchon de cuisine. Il se chaussa. Le tout avec lenteur. Lentement, il compta sur ses doigts, à la manière des vieux Marocains : « Dieu est unique… deux, Il n'a pas d'associé… trois… quatre… cinq… six… » À dix, il allongea le bras, éteignit la télé d'un coup sec.

– Quand est-ce qu'on bouffe ?

Zoubida lui fit face, se mit aussitôt à jérémier. Ce n'était même pas une kitchenette, mais un simple réduit. Elle n'avait rien à se mettre. Elle manquait du strict nécessaire. Pas de lave-vaisselle, pas de four à micro-ondes. La voisine du dessus… Aimablement il la laissa s'étendre sur le chapitre des appareils ménagers. « Depuis le temps que je rêve d'un magnétoscope ! » continuait-elle sans reprendre haleine. On était en 1993 d'après le calendrier, non au siècle dernier où une ménagère devait se contenter de ce que lui apportait son mari : une jarre d'huile, des épices, du sel, une caisse de thé, un pain de sucre et, bien sûr, de la farine pour confectionner à domicile le pain quotidien. Des fèves et des pois chiches à volonté, une poule de temps en temps qu'elle devait égorger, plumer et faire mijoter dans une cocotte en terre cuite.

Ali compta derechef sur ses doigts, en anglais cette fois : *« Aune… tvo… très… fourre… sexe… »* À *ten*, il laissa tomber :

– Ça veut-il dire que tu ne nous as rien tajiné ? Et que je dois descendre acheter chez l'épicier du coin de quoi nous sustenter ? Tous les soirs, tous les soirs c'est pareil ! Je dois tout faire dans cette baraque !

Mais elle était lancée dans une tout autre direction, celle qui menait vers l'intimité des couples. Des collants en résille mettraient en valeur ses jambes (elle se leva et tira sur sa jupe jusqu'à mi-cuisses) ; avec des panties jaunes en guise de pyjama… et j'aimerais tant avoir un wonder bra.

– Un wonder quoi ?

– Bra. Un soutien-gorge top model.

– Bon. Attife-toi. Je t'emmène au restau, puis dans une boîte de nuit sur la Corniche.

Elle poussa un youyou, courut s'enfermer dans la chambre à coucher. Trois quarts d'heure plus tard, elle s'accrochait au bras de son mari, parfumée avec générosité, bijoutée jusqu'aux yeux. Ali mit la voiture en marche. Il n'alla pas bien loin, quelques pâtés de maisons. Devant le portail de la prison, deux agents armés de fusils mitrailleurs montaient la garde. Ils le saluèrent, l'index au niveau du képi.

– Tu viens, ma gazelle ? J'ai une petite affaire par ici pour les besoins d'une enquête. Ouvrez la porte, vous autres ! Entre, ma gazelle, fais comme chez toi.

Et, tout à trac, il jeta aux représentants de la loi :

– Gardez-moi cette bonne femme jusqu'à nouvel ordre. Je vous ferai tenir le mandat de dépôt demain matin.

– À tes ordres, chef.

– Bonne nuit, chef.

Il dîna dans une gargote. Plus exactement, il se remplit le ventre. Oh ! pas grand-chose. Juste de quoi tempérer sa faim. Une demi-douzaine de beignets en forme de pneus, suivis d'une salade de tomates et de poivrons accommodée au cumin et à l'oignon rouge du pays des Doukkala. Un tagine de boulettes de viande – cumin aussi, coriandre, poivre blanc, curcuma – mijotées dans du beurre rance de l'Atlas. Pas plus d'une livre tout bien pesé. Du pain d'orge au levain pour accompagner ces bonnes choses de la vie, bouchée par bouchée, et une cruche de petit-lait pour les faire descendre. Un régal. Allah akbar ! « *À Toi, Seigneur, appartiennent la puissance et la gloire.* » Ouf ! plus d'Algérie, plus de casse-tête, plus de mégère apprivoisée. Il était dans son élément. Il se mit en devoir de rouler une cigarette.

Accroupi sur le seuil, un aveugle essayait de vendre le journal du soir. Des clients tapaient le carton, d'autres jouaient aux dominos. Un barbu égrenait son chapelet, le livre saint sur les genoux. Des jeunes hommes, quatre ou cinq, potassaient leur anglais en prévision de la rentrée universitaire. Un seul manuel défraîchi qu'ils se passaient de main en main comme un ballon de rugby, d'un certain Boswell d'après leurs voix fortes. L'oreille tendue, l'inspecteur Ali apprit qu'ils mettaient en commun leurs maigres bourses – quelques centaines de dirhams – et qu'ils partageaient la même chambre au quartier Aïn Chok. L'année dernière, ils avaient dormi sous une tente, au beau milieu du campus. Mais le recteur avait fait appel aux supplétifs, ces bouseux analphabètes. Ali se retint de rire. Il alluma sa cigarette à l'aide de son briquet-torche, aspira une longue bouffée. La fumée encore dans ses poumons, il but une gorgée de thé vert à la menthe, brûlant. C'était bon. Et puis…

Et puis, il leva la tête. Dans le miroir qui lui faisait face, il vit la silhouette d'une jeune femme attablée dans un coin, sans bouffe, sans même un cendrier devant elle. La figure cachée dans sa longue chevelure, tee-shirt blanc, jeans, baskets, un bracelet de pacotille au poignet gauche. Son sac à dos était calé entre ses pieds. Il fit signe au gargotier.

– Va apporter à manger à cette pauvre chrétienne.

– Elle dit qu'elle n'a pas faim.

– Pas faim ? s'exclama l'inspecteur Ali, au comble de l'étonnement. Tiens donc ! Elle doit être maboule ou malade.

Il se leva, traversa la salle. Doucement, tendrement, il écarta les cheveux de la femme. L'index sous le menton, il lui releva la tête. Elle pleurait. Il tira une chaise, s'assit. Il dit :

– Madame ou mademoiselle, un écrivain français a rencontré Dieu. C'est du moins ce qu'il prétend. Il a même écrit un livre à ce sujet. *Dieu existe : je l'ai rencontré*. Je ne l'ai pas lu. Juste le titre. Êtes-vous française ?

– Oui, répondit-elle dans un souffle.

– Je ne suis ni dieu – qu'à Dieu ne plaise ! poursuivit-il, ni même un écrivain, loin de moi cette idée saugrenue ! Néanmoins, je puis vous révéler que vous venez à l'instant, ici même, de rencontrer l'homme idoine, en chair et en os. Inspecteur Ali, brigade criminelle.

Il posa sa plaque de police sur la table, bien en évidence.

– Quel est votre prénom ?

– Brigitte, dit-elle en ravalant un sanglot. Sa bouche se tordit.

– Eh bien, Brigitte, si vous me racontiez ce qui vous est arrivé ?

– J'ai… j'ai tout perdu.

– Pas la vie, tout de même ? Qu'avez-vous perdu ?

– On m'a tout… tout volé. Mon passeport, mon… portefeuille, ma… ma carte bancaire, mon billet d'avion… Tout…

– Dans les beaux quartiers, je suppose ?

– Non. Pas très loin d'ici, je… je crois.

– Ah ? tiens donc ! s'exclama l'inspecteur Ali. C'est pourtant mon district, avec mes hommes qui veillent à tout, jour et nuit. On vous a arraché votre sac à main que vous balanciez d'un bras léger ?

– Non… oh non ! Je… je n'ai pas de sac à main. J'ai senti qu'on tirait légèrement sur mon sac à dos. Je me suis retournée… je n'ai vu personne. Regardez.

Elle se baissa, lui remit la pièce à conviction. Ali plissa le nez à la manière d'un renard : une belle déchirure au rasoir, propre et nette, sous la poche latérale du sac à dos.

– Attendez-moi ici. J'en ai pour deux secondes.

Il alla taper sur l'épaule de l'aveugle.

– Recouvre la vue, tonton. J'ai une mission pour toi, papa.

Il lui murmura quelque chose à l'oreille. L'homme déplia ses jambes à la façon d'un chameau, fourra ses journaux dans le capuchon de sa djellaba et s'en fut d'un pas alerte dans la nuit. Les joueurs de cartes se levèrent et lui emboîtèrent le pas, leurs plis à la main. Peut-être continueraient-ils leur partie de poker dans la rue – va savoir ! Ali regagna sa place, l'œil allumé : à leur passage et sans le faire exprès, il avait vite repéré lequel d'entre eux allait rafler la mise. Il tira de sa poche son immense mouchoir à carreaux, le tendit à la jeune femme.

– Essuyez ces yeux qui vous déparent et m'éplorent. Je parie que vous n'avez même plus de Kleenex. Redressez le dos, gare à la scoliose ! Patience et courage font plus que force et que rage, comme disait La Fontaine Jean de. Un autre compatriote à vous, mais vous n'avez pas dû le connaître. Je crois bien qu'il est mort, d'ailleurs. Combien en avez-vous ?

– Quoi ? demanda-t-elle, interloquée.

– De taches de rousseur sur le nez ? Les avez-vous jamais comptées ?

Elle cessa aussitôt de pleurer, sourit. Ce fut magnifique. L'instant d'avant, dix secondes avant, l'inspecteur Ali était sur le point de lui faire du gringue, en termes animaux – du genre : « Vous avez le loquedeu ? Bon ! vous ne savez pas ce que c'est le loquedeu, donc vous ne l'avez pas. Et le ver ? Est-ce que vous avez le ver, ce petit truc qui remue entre les petites lèvres et déplie les grandes comme deux pétales de rose ?… » Il la voyait déjà dans son lit. Elle sourit et ce fut tout à fait autre chose : un éblouissement. Il tomba amoureux d'elle sur-le-champ, séance tenante, sans plus tarder – amoureux fou de ce sourire lumineux, de la nudité de son regard, de la grâce qui émanait de toute sa personne. Son foie se gorgea d'émotion, son âme lui remonta entre les clavicules. Et, en même temps que la passion naissante et friselante, étrangement il ressentait pour elle un immense respect doublé d'une sorte de foi – lui qui ne respectait rien ni personne en ce monde d'économie de marché. De cette révélation soudaine, de cet amour pur qui venait de descendre en lui comme un Coran à sa mesure, il ne laissa rien transparaître sur son visage policé : il n'était pas flic pour rien. Un flic dur et désabusé, coriace d'entre les coriaces. Il dit :

– Et si nous mangions un morceau en attendant ?

– Je n'ai pas faim, protesta Brigitte. Absolument pas.

– Mais, moi, j'ai faim, répliqua-t-il. Absolument si. (Il fit claquer son pouce contre le majeur.) Patron ! Pas tout à fait la même chose que tout à l'heure. Et double ! Fissa !

Et il redîna, ma foi. Oh ! pas grand-chose : un pigeon farci de polenta au basilic, une dizaine de brochettes (pas plus) entourées de crépinette, un tagine de mouton au citron vert… Son entrain était tel, si vivant et si communicatif que Brigitte ne tarda guère à l'imiter. Au début elle goûta, grignota du bout des dents. Elle finit par dévorer à pleines mâchoires. Et il lui raconta l'une de ses histoires drôles, pas trop salée quand même, rien que pour vérifier ce qu'il devinait déjà : l'éclat de son rire. C'était une source de montagne, un orchestre de fifres et de cymbales. Frais, très frais ; loin, très loin des ricanements des animatrices de la télé. Entre le melon d'eau et la pastilla, se matérialisa près d'eux le faux aveugle. Il déposa sur la table un passeport, un portefeuille et de menus objets féminins. Sans mot dire. Et il ressortit rejoindre les joueurs de cartes qui encadraient un quadragénaire en complet-veston. Le visage de ce dernier était tuméfié, ses poignets entravés. C'est du moins ce qu'aperçut l'inspecteur Ali en un bref coup d'œil.

Il écarta sa chaise, se baissa pour relacer l'un de ses souliers – et pour déplier et lire en diagonale une petite boule de papier qui venait de tomber magiquement entre ses pieds. Il se redressa. Il dit :

– Rien ne manque, Brigitte ?

Elle était éberluée. Ses yeux brillaient tels deux phares dans le romantisme ringard du Maghreb.

– Comment avez-vous fait ?

– Je suis flic. Inspecteur Ali, pour vous servir.

Elle n'ouvrit pas son passeport. C'était apparemment le sien. Lettres dorées sur fond brun : Communauté européenne, République française. Elle entrouvrit le portefeuille. D'un index fuselé, si adorable, elle vérifia le contenu (sans l'en tirer) du compartiment latéral : carte bleue, billet d'avion, permis de conduire. Par contre, elle sortit du compartiment une liasse de billets de banque. Ali agita une main rassurante. Il dit :

– Le compte y est. Le type a eu juste le temps de dépenser un petit billet de 200 francs. Mais on l'a remplacé tout à l'heure.

Sans transition aucune, du même ton amène, il ajouta :

– Mes hommes sont à votre disposition pour vous reconduire au Grand Hôtel, madame Brigitte Letuyer. Votre Tarzan des bars est aux abois. Il n'a pas arrêté de whiskyter. Il n'a pas un sou.

Elle était cramoisie. Ali se détourna, cria :

– Relâchez-le. Vous le connaissez maintenant.

Il confectionna une cigarette, l'alluma, la fuma toute. Il dit :

– À moins que vous ne préfériez prendre le premier avion en partance ? Roger vous attend.

– Roger ? demanda-t-elle dans un souffle.

Il évita de la regarder. C'était trop pénible pour lui. Il dit :

– Vous ne connaissez pas Roger ? C'est pourtant votre fils. Il a dix-huit mois. Votre mari l'a confié à sa nounou.

– Mais… mais co… comment…

– Comment je sais tout cela ? Je suis flic, répéta Ali. Inspecteur Ali, pour vous servir. La prochaine fois que vous vous disputerez avec votre petit ami, faites-le donc en silence. Les oreilles traînent.

Il se leva, gauche, à cran. Avant de partir, il se pencha et lui murmura à l'oreille :

– Dans le parc solitaire et glacé, deux ombres ont tout à l'heure passé. Colloque sentimental. Verlaine Paul. Et payez votre dîner. Pas le mien : je mange gratis.

Il tourna les talons et sortit en sifflotant un air guilleret. Il ressentait le goût du dernier goût, comme la lie d'une vieille bouteille. Pendant des années il avait vécu sans s'en apercevoir. On lui avait confié des enquêtes et il les avait menées à bon terme. Il y avait les lois et il avait obéi aux lois. Et maintenant, il se rendait compte qu'il avait pour le monde une suprême indifférence, sinon un suprême mépris.

2.

Le téléphone sonna. Une main sur l'héritage de son père, Ali tâtonna de l'autre dans le noir, souleva l'écouteur.

– Allô ? Inspecteur Ali ?

– Non, répondit l'inspecteur Ali. À propos, quelle heure est-il ?

– Hein ? Cinq heures et demie du matin. Tu n'es pas l'inspecteur Ali ?

– Non, répéta Ali. Je suis le fermier de la médina. J'étais sur le point de traire le bœuf.

Et il raccrocha, se rendormit comme une pierre au fond d'un étang. Il replongea dans son rêve interrompu. *La longue chevelure d'Ophélie flottait entre deux eaux. Ce flic anglais nommé Hamlet s'était rencardé sur la pauvre fille. Total chez l'épicier : elle s'était suicidée.* L'invention d'Alexander Graham Bell fit de nouveau entendre sa musiquette.

– Ne quitte pas, dit une voix comminatoire.

Il quitta. Il décrocha la prise du téléphone. *Le commissaire Shakespeare aurait quand même pu étouffer l'affaire ou, à tout le moins, dépêcher à temps sur les lieux une équipe d'acteurs qui savaient nager. Car, si romantiques soient-ils, que voulez-vous faire des cheveux d'une femme si vous n'avez pas le reste, de la tête aux pieds ?* On frappa à la porte. On tambourina. Les voiles de la nuit s'écartèrent, les draps du lit aussi.

– J'arrive. J'arrive, nom d'Allah ! C'est la guerre civile ?

Il alla ouvrir, nu et poilu. Deux hommes se tenaient sur le seuil : un officier des Renseignements généraux et un larbin en livrée.

– Tu as dix minutes pour te rendre présentable, lança l'officier sur un ton bref. Le patron t'attend.

– Pourquoi ne m'a-t-il pas donné un coup de fil ? demanda Ali. J'ai le téléphone, que diable ! Ligne directe, qui plus est. Et ce type, qui c'est ? Il fait partie de la maison à ses heures perdues ?

– Non. C'est le chauffeur particulier du président-directeur général de la Banque centrale. Lui aussi t'attend.

– Qui ça ? le chauffeur ?

– Le P.-D.G., abruti.

– Affaire de gros sous alors, conclut Ali. Compris. Je me dépêche. Pas plus de deux minutes.

Et il tint parole, à la seconde près. Ça existait donc, une bagnole comme ça, à moteur silencieux et pneus de beurre ? En vrai ? Banquettes en guise de sièges, mini-bar, visiophone, vitre noire séparant le larbin des passagers, vidéo en circuit fermé. Machinalement, il enfonça deux ou trois boutons. L'écran prit image et son : l'immense mosquée Hassan-II à Casablanca. L'inspecteur Ali tomba à genoux, fit sa prière de l'aube sur la moquette du plancher.

Lequel était l'autre ? C'est la question que se posait l'inspecteur Ali. Assis derrière son bureau, le chef avait fait les présentations, sans aucun signe distinctif, sans faire bouger d'un millimètre son siège pivotant.

– Monsieur le Ministre, avait-il dit. Vous devez sûrement le connaître.

– Non, avait avoué Ali.

– Monsieur le président de la Banque centrale.

– Je ne le connais pas non plus.

Ni le banquier ni l'excellence n'avaient fait le moindre geste, n'avaient prononcé un mot de bienvenue ou de malvenue. Installés dans des fauteuils jumeaux de part et d'autre du bureau, ils se contentèrent de le regarder. Tous deux étaient vêtus du même costume gris anthracite, chemise blanche, cravate bleu ciel, chaussures noires et rien à la boutonnière. Taille moyenne, dans les 70-75 kilos. Deux quadras comme on disait du temps du P.S., de l'autre côté de la Méditerranée, mais ceux-ci étaient propres, se tenaient à carreau : ils étaient surveillés par les services spéciaux du palais. Un peu déplumés sur le sommet du crâne, mais allez savoir laquelle de ces deux ambitions – la politique ou le fric – coiffait l'autre à la racine des cheveux ! Alors, qui était qui ?

Ali était dans ses petits souliers (vernis). Il portait un frac, avec sa garniture de singe : pantalon rayé et chemise à col cassé. Posément, il fit craquer ses phalanges puis s'adressa au monsieur qui était à sa gauche :

– Pour la troisième séance consécutive, la Bourse de Paris a battu hier un record. En baisse de 0,08 % à l'ouverture, l'indice CAC 40 a très vite renoué avec le vert avant d'accélérer l'allure en fin de journée, ce qui lui a permis d'afficher à la clôture un gain de 1 % à 2 205, 67. Et notre indice à nous, où en est-il à cette heure ? Il est encore en vie ?

Le monsieur eut un sourire poli, agita la main en direction de l'autre homme.

– Le président pourrait mieux vous renseigner que moi. Je suis le ministre. Je vous ai eu, inspecteur Ali, n'est-ce pas ?

– Non, répliqua l'inspecteur. Vous ne m'avez pas eu. Vous êtes le P.-D.G. de la banque.

– Comment… comment avez-vous pu nous identifier ?

– Élémentaire, mon cher. Je suis flic.

Le ministre éclata de rire, ce fut un rire de professionnel à professionnel.

– Il fera l'affaire, conclut-il.

– Je vous l'avais bien dit, fit remarquer le chef. Dans le genre malin, il n'a pas son pareil.

Il fit glisser sur le bureau un coffret en cèdre, l'ouvrit.

– Cigarette, inspecteur Ali ?

– Non, merci, rétorqua celui-ci. Je préfère les miennes.

Il sortit sa blague à tabac, du papier à cigarettes et en fit une « toute roulée ». Au moment de l'allumer, il fut saisi d'un doute.

– Veuillez m'excuser, Excellence. Est-ce que Sa Majesté fume ?

– Hein ? fit l'excellence. (Il rangea précipitamment son cigare.) Je ne sais pas. Personne ne le sait.

– Dans ce cas…, dit l'inspecteur. (Il cala sa cigarette informe au coin de la bouche, mais ne l'alluma pas.) Bon. Parfait. Et si l'un ou l'autre de vous trois m'expliquait un chouia l'objet de cette réunion officielle ? Je vous écoute.

À défaut d'un dossier, le chef joignit les mains, paumes en l'air, comme s'il attendait que l'inspiration lui tombât du ciel. Peut-être examinait-il sa ligne de vie et sa ligne de chance ? Va savoir ! En tout cas, il parvint à une sorte de conclusion, claire et nette. Il dit :

– Hmmm ! Oui. Hmmm-hmmm ! Et vous, monsieur le Président ?

– Hmmm ! Oui. Je suis de votre avis. Hmmm-hmmm ! Tout bien considéré. Et vous, Excellence ?

– Eh bien, mes amis, commença le ministre. Effectivement…

– Ciao ! dit l'inspecteur Ali. Je retourne me coucher. Je n'ai pas eu mon compte de sommeil.

Et il se leva, se dirigea vers la porte capitonnée. Il l'avait presque atteinte quand il sentit un bras se poser sur ses épaules, les entourer paternellement.

C'était le chef. Il s'était extirpé de son fauteuil directorial, avait couru. Il avait même failli s'étaler sur le parquet vitrifié.

– Voyons, Ali ! Mon cher Ali... mon frère ! Revenez parmi nous. Et soyez persuadé que, si nous avons fait appel à vous de préférence à n'importe quel enquêteur, c'est que l'affaire est grave.

– Très grave, dit le banquier.

– On ne peut plus grave, ajouta le ministre.

– Je n'ai rien bouffé au petit déjeuner, lança l'inspecteur.

– On peut remédier à ce léger inconvénient, Ali... mon cher Ali... Je vais immédiatement sonner mon chaouch. Que prenez-vous d'habitude ?

– Des beignets. Je n'ai pas non plus baisé cette nuit.

– Quoi ? Espèce de saligaud... de... voyou des rues !...

Et, d'un seul coup, ils se mirent à rire aux éclats.

– Mais qu'est-ce que j'ai donc dit qui les mette dans cet état ? se demanda l'inspecteur Ali, vaguement inquiet.

C'était une petite remise blanchie à la chaux. Sur le toit s'entrelaçait une vigne vierge. Le gardien tira la porte vers lui, s'écarta. À l'intérieur de la remise, il y avait une poubelle. Très propre, comme lavée à grande eau, puis astiquée avec soin.

– Par Allah tout-puissant…, commença le gardien. (Il avait le visage tanné par le grand air, un pantalon bouffant, des babouches aux pieds.)

– Tout à l'heure, l'interrompit l'inspecteur Ali. Une chose après l'autre.

Il s'arma d'un stylo-bille, souleva le couvercle. Dans la poubelle un homme vêtu de blanc était assis en tailleur, les genoux relevés sous le menton. Il semblait dormir du sommeil des justes. Entre ses yeux, il y avait un trou de balle, net.

– Il est mort, ô monsieur ? demanda le gardien.

– Il m'en a tout l'air, répondit Ali. À moins que Dieu ne le ressuscite. Car Il a dit dans le Coran : *Nous vous ferons revivre, Nous rassemblerons vos os où qu'ils soient éparpillés*.

– Amen, ô monsieur ! Gloire à Lui ! Donc je te disais, ô monsieur, qu'à cinq heures comme tous les matins je me préparais à sortir la poubelle, et puis je l'ai trouvée bien lourde, vu que je n'y avais mis que des feuilles mortes comme mon maître me l'avait demandé.

– Ah oui ? Et tu as vu ce qu'il y avait dedans ?

– Forcément. Mais pas tout à fait. Il ne faisait pas encore jour.

– Et tu l'as touchée où ça ? Montre-moi.

– Ici, ô monsieur, sur la poignée. Et puis là… fallait bien que je me rende compte.

– Amène-la vers moi, n'aie pas peur, dit l'inspecteur Ali. Allez ! Vas-y ! Comme ça !

Et, d'un grand coup de pied, il renversa la bière en plastique.

– Mais… mais qu'est-ce que tu fais, mon fils ? s'écria le gardien. Ce n'est pas bien…

– Je ne suis pas ton fils. Ferme l'égout qui te sert de bouche et aide-moi à sortir le macchabée que je l'examine à la lumière resplendissante du Royaume chérifien.

La rigidité n'avait pas encore fait son œuvre. Les membres se laissèrent déplier sans grand-peine. Le mort n'avait pas vécu plus de cinquante ans, à vue d'œil. Il portait un tchamir, cette longue chemise en soie qu'affectionnent les émirs du Golfe. Tout comme un Koweitien il avait une petite barbe en pointe, une mouche sous la lèvre inférieure. Pas de moustache. Ali se pencha sur lui, le fouilla. Aucun papier, pas le moindre fifeton, dinar ou dollar. « Tiens donc ! se dit-il. Un émir sans fric ! » Il lui souleva une paupière : l'œil était brun. Il souleva l'autre : brun aussi, le contraire l'aurait étonné. Il essaya de lui ôter la chevalière qui ornait son auriculaire droit ou, tout au moins, de l'écarter d'un demi-centimètre. Une bague en or 21 carats sertie d'une émeraude, comme ils en achetaient au poids du côté de Bahreïn. Il serra les dents, força. « Tiens donc ! » se répéta-t-il. Et, sans plus réfléchir, il ouvrit la braguette du cadavre. Regarda.

Quand il se releva, il était tout songeur. Au gardien qui priait en silence, les yeux clos et les bras levés au ciel, il lança un ordre bref :

– Amen ! Repos !

Il ajouta :

– À ta place, ô monsieur, je n'aurais pas touché à cette vieille poubelle. Les éboueurs l'auraient vidée dans leur camion-benne sans y attacher d'importance. Et, à l'heure qu'il est, ce salaud de cadavre à la noix serait en train de brûler avec les autres détritus de ce quartier de milliardaires. Vu ?

– Oui, monsieur. Mais…

– Il y a un téléphone dans ta loge de curieux ?

– Oui, monsieur. Par ici, monsieur.

Ali alerta ses collègues de l'Identité judiciaire. Non qu'il crût à la valeur des empreintes et autres fariboles à la Sherlock Holmes, mais il fallait bien occuper ces gars du laboratoire. La plupart du temps, ils n'étaient pas là. Peut-être au bistrot ?

De la loge à la villa, ils cheminèrent côte à côte, le long d'une allée tapissée d'un gazon japonais multicolore et qui serpentait entre des arbres de toute majesté : sycomores, trembles, cèdres, érables rouges. Au-dessus de leurs têtes, se déployait et serpentait aussi une tonnelle de glycine, de jasmin et de plumbago. De place en place, à travers les fleurs des bougainvillées, scintillait un jeu de lumière violette. Ni le président de la banque ni l'inspecteur ne disait mot. Peut-être étaient-ils prisonniers de leurs pensées. Peut-être aussi écoutaient-ils avec un charme religieux le concert d'oiseaux qui symphonisait la charmille.

Ils gravirent les marches du perron. La porte s'ouvrit devant eux, sans bruit. Une très jolie jeune femme se tenait dans l'entrée. L'inspecteur Ali se dirigea vers elle, se cassa en deux et lui fit un baise-main du bout des lèvres.

– Mille grâces, madame, lui dit-il, de bien vouloir m'accueillir en votre demeure. Et puis-je me permettre de vous demander de m'indiquer le petit endroit où les dames se poudrent le nez ?

Elle rougit, baissa les yeux. Ce fut au banquier qu'elle s'adressa d'abord.

– Matinée de bonheur, maître ! Comme d'habitude ?

– Je te ferai signe.

– Bien, maître.

Elle virevolta. Avec elle virevolta son petit tablier blanc.

– Suivez-moi.

– Avec plaisir, répondit Ali.

C'était d'une classe ! Et pourquoi donc une duchesse ne se déguiserait-elle pas en soubrette ? Cela s'était déjà vu chez Marivaux. Il n'y avait qu'un hic : les servantes ne pouvaient pas devenir des dames de la haute, pour de vrai. Il montra du doigt une porte gris Pompadour, munie d'une plaque en céramique : un mâle en pantalon avec un parapluie accroché à son bras.

– C'est là ?

– Oui, dit-elle en reprenant sa salive.

– Vous pourriez me tenir compagnie un moment, proposa-t-il, l'œil torve. Ce sera vite fait bien fait, croyez-moi.

Elle se sauva à pas menus, son fonceur soulevé d'un mouvement de bielles. Il poussa un soupir littéraire et entra dans le lieu-dit. Il y fit ce qu'il y fit. Il faillit se servir du téléphone du cabinet pour appeler son bureau, mais l'enquête ne faisait que commencer. Il se lava les mains des miasmes de la mort et de l'au-delà. Il but un peu d'eau dans sa paume creusée en conque. Et, pendant qu'il y était, il se rasa, se pomponna, se coiffa. Tout le nécessaire de toilette était là, pourquoi se gêner ? À l'aide de petits ciseaux en or, il se cura les ongles, tailla légèrement sa moustache. Puis il se regarda dans la glace, les yeux dans les yeux, froidement. À toute vitesse, il récapitula les événements de la matinée, depuis son réveil brutal dans son lit miteux jusqu'aux hauts murs électrifiés qui entouraient cette propriété de nabab. Il n'oublia rien, pas un mot, pas un geste. Est-ce que par hasard quelqu'un le prenait pour un paysan du Danube ?

Son hôte l'attendait dans le hall, placide en apparence. L'un derrière l'autre, ils pénétrèrent dans le salon. Le premier salon. Il y en avait cinq, en enfilade, séparés par un couloir, chacun d'eux donnant sur un panorama de verdure différent, des essences différentes selon l'époque. Du premier, design et futuriste, au cinquième qui emportait la vue, ce fut comme si le temps eût remonté le cours de l'Histoire. Ali se laissa choir au milieu du XVe siècle, à Cordoue en son apogée, dans une salle surgie en droite ligne du passé. Il avait lu et relu les *Mille et une Nuits* en son jeune temps. Et maintenant, c'était le mille douzième jour.

– Il y en a qui et il y en a que dalle, lâcha-t-il, les yeux ronds. C'est à vous tout ça ?

– À moi, répondit le président de la Banque centrale en toute simplicité. À ma famille. C'est une grande famille, une très vieille famille. Nous sommes originaires de l'Andalousie musulmane.

Le long de trois murs s'alignaient des sofas recouverts d'or rouge constellé de pierreries et de perles. Le plafond était d'azur, incurvé, d'où pendaient sept lustres en vermeil serti de diamants. En guise d'ampoules, des oiseaux en cristal, fins, très fins, plus vrais que les vrais, qu'illuminaient les rayons du soleil levant. Des portières en soie verte du Yémen ; bleu indigo et Sienne, des tentures, des tapis comme jamais Ali n'en avait vu de pareils dans aucun souk à la criée, ni même au palais Jamaa de Fès. Des petites tables basses, d'arar, d'onyx et de nacre. Du milieu de la salle s'élevait un jet d'eau, continu, retombait dans des vasques en un arc-en-ciel éblouissant. Sept vasques de dimensions différentes et de matériaux différents : bronze, porphyre, marbre blanc, argent, jade, cristal de roche. Elles étaient disposées de telle manière qu'en s'y déversant l'eau tirait de chacune d'elles une note de musique. Les sept notes d'une gamme tonale. De l'autre côté du salon, près du siège où s'était installé le banquier, il y avait un jeu de robinets en bois. En les réglant, en les accordant selon l'oreille, on pouvait composer d'autres mélodies.

– Zéryab ? demanda Ali d'une voix d'enfant.

– Oui, Zéryab, répondit le maître des lieux. Le compositeur du XIVe siècle qui faisait chanter l'eau à Cordoue. Vous connaissez donc ?

– De nom seulement. Une émission à la radio. Par contre, il y a le boum-boum-boum, la « techno » ça s'appelle. On n'entend plus que ça, du soir au matin, boum-boum-boum ! dans les boîtes de la Corniche, les ascenseurs des hôtels quatre étoiles, les bagnoles, les grands magasins, boum-boum-boum ! ça vient des U.S.A., ça a envahi l'Europe et vous croyez que ça va remplacer notre culture ?

– Non, répondit le banquier. Pas tant qu'il y aura encore des hommes comme moi – ou comme vous, inspecteur Ali.

– Ah oui ? Quel est votre prénom ?

– Mohammed.

– Monsieur Mohammed, dites-moi : ce qui s'offre à ma vue n'est rien d'autre qu'un mirage, n'est-ce pas ?

De l'index, il désignait la baie vitrée qui tenait lieu de quatrième mur, du plafond au plancher. Elle était ouverte en ce matin de juillet : un jardin suspendu, luxuriant, embaumé – un enchantement. Et, au milieu de cet enchantement, comme soutenant l'édifice, un bellombra à cornets blancs. Tout autour de cet arbre géant, une horloge florale à perte de vue : certains parterres de fleurs s'ouvraient à l'aube, d'autres un peu plus tard, d'autres encore vers le zénith du jour – et ainsi de suite, de variété en variété et de couleur en couleur, jusqu'aux œnothères qui ne s'épanouissaient qu'au soir tombant.

– C'est ici que je viens me recueillir, souvent. Lorsque les Arabes ont été chassés d'Espagne, ils se sont repliés vers Kairouan, vers la ville de Fès surtout. Mes ancêtres étaient du nombre, des lettrés, les dépositaires de notre culture. De siècle en siècle, de génération en génération, nous avons connu bien des aléas : le déclin, le repli sur nous-mêmes, le protectorat et la honte, une sorte de renouveau par la suite. Et maintenant, c'est le modernisme à outrance et sans âme à la manière des pays du Golfe. Bien sûr, je suis banquier, le dirigeant d'un des établissements financiers les plus puissants du royaume. Mais dois-je pour autant vivre uniquement en cette fin du XXe siècle et reléguer mes aïeux aux saintes écritures, sinon aux oubliettes des traditions désuètes ?

– Oui ? demanda Ali, très attentif.

– La salle où nous sommes assis, le jardin sur lequel elle s'ouvre, j'ai tout fait renaître du passé, pierre à pierre, fleur à fleur, sièges, parures, fontaine, d'après les plans des architectes d'autrefois. L'argent ! oh oui ! l'argent.

– Oui ? répéta Ali.

Bouche bée, il écoutait son hôte, le regardait avec des yeux émerveillés. Son passé à lui se limitait aux ténèbres et à la fournaise. Son père à lui était gardien d'un four public. On mangeait beaucoup de pain en ce temps-là, accommodé à toutes les sauces, le plus souvent à l'eau. De cette comparaison pour le moins déplacée, il ne dit rien. Il se mit à déclamer :

> – *Qu'importe le lieu de ta naissance !*
> *Ce n'est qu'un point infime du vaste monde.*
> *Et qui te dit que tu doives y mourir un jour ?*
> *Mais si tu ne sais pas...*

– *Mais si tu ne sais pas*, continua le banquier à l'unisson de l'inspecteur, *ce qui est passé avant ta naissance,*

Tu resteras toujours un enfant.

Il marqua une pause, ajouta :

– Hariri, XIIe siècle. Je n'imaginais pas qu'il puisse exister un policier versé dans les belles-lettres. Vraiment.

– Ah oui ? releva aussitôt Ali. Parce qu'un policier doit vivre uniquement dans la chose policière et boucler son âme en prison ? Vraiment ?

– Touché ! dit Mohammed avec un rire clair.

Il frappa dans ses paumes, deux fois. Une portière en damas chatoyant se souleva de bas en haut. Parut la jeune fille avec son tablier coquin. Elle poussait devant elle un chariot en argent.

– Juste du thé pour moi.

– Oui, maître.

– Et va servir mon invité comme il se doit.

– Tout de suite, maître.

– Des « mlaoui », s'écria l'inspecteur, l'eau déjà à la bouche... Des « mlaoui », ma parole d'horreur, je n'en ai pas mangé depuis le Moyen Âge. Mettez-m'en une douzaine. Ça me consolera de ce chien chaud que j'ai bouffé l'année dernière à Eurodisney où je menais une petite enquête.

Quelqu'un pouffa.

– Oui, monsieur, dit la soubrette. Miel chaud avec du beurre salé ?

– À volonté, répondit Ali.

Il la regardait, fasciné, délicatement ouvrir les petites crêpes dans leur épaisseur, à l'aide d'un fin couteau. Plus exactement, elle y faisait une entaille sur le côté et les deux moitiés des « mlaoui » se soulevaient sans peine. L'une après l'autre, elle les fourrait de miel de thym et de beurre jaune de brebis. C'est à ce moment-là qu'il décida de lui faire un brin de cour : c'est-à-dire qu'il lui glissa une main entre les cuisses et se mit en devoir et en plaisir de la caresser, à travers le tissu de sa jupe noire. Il était à peu près sûr de son coup de poker. Comme elle était bien stylée et que de surcroît elle tournait le dos à son maître, elle se laissa faire, ma foi. Elle écarta même les jambes pour mieux le servir – ou, plus exactement, pour déposer devant lui une assiette de crêpes, un bol d'olives brunes, un verre guilloché qu'elle entreprit de remplir de thé fumant, le plus lentement possible. Pendant ce temps, il poursuivait la conversation avec le président de la banque, très mondain.

– Oui, disait-il. Mais parfois nos ancêtres nous hantent. Je me souviens d'une enquête que j'ai faite en Angleterre, il n'y a guère. Une histoire de fantôme, dans un manoir antique. Ce que l'on m'a montré en premier lieu, ce qui faisait la fierté du lord et de la lady, c'était la galerie des portraits. Des types sinistres. Je crois bien que l'assassin était l'un d'eux.

Quelqu'un eut soudain les prunelles liquides. Qui ça ? Elle coula. Ali se lécha les doigts.

– Rien ne vaut les produits du terroir, s'écria-t-il. Merci, ma petite.

Elle s'éloigna. Elle souleva une autre portière. Elle disparut. Le plus difficile pour l'inspecteur restait à faire : bavarder à bâtons rompus, laisser le temps à ce type qui lui était attaché depuis sa naissance de revenir à l'état de repos. Ce n'était pas si évident que cela. Il lança une bouée :

– Vous disiez, mon cher ? Je crains que votre servante ne vous ait interrompu.

– Les Européens campent sur leurs positions depuis les croisades. Ils continuent de croire que la civilisation s'arrête sur la rive nord de la Méditerranée, comme devant une frontière. Pour eux, la rive sud fait partie de l'Orient. Mais le Japon, Hong Kong, voire les Antilles, font partie de l'Occident. Les pétroliers arabes aussi. Ah ! si nos aïeux avaient été des Grecs ou des Romains ! Si nous pouvions faire table rase de notre passé, de notre culture, de notre identité, de notre religion surtout. L'homme que je suis rame à contre-courant. L'argent m'y aide. Beaucoup. Quand je reçois des hommes d'affaires français, des ministres – et non des moindres – ils préfèrent s'arrêter au premier salon, à la rigueur au second, qui leur ressemble, mais pas plus loin. Nous discutons de culture, c'est-à-dire de télévision, de contrats du siècle, de panier de devises qui conditionnent la nôtre. Souvent, je les envoie au palais de la Mamounia à Marrakech. Nous l'avons construit à leur intention. Ils en sont enchantés.

Ali put enfin décroiser les jambes. Il dit d'une voix mouillée :

– Je suis très sensible à votre discours, mon frère. Je ne suis pas loin de penser comme vous, bien que je ne sois qu'un sous-produit de la zone.

Je suis très ému, croyez-moi, très honoré, très… Bou-bouhouhou !…

Il pleura à chaudes larmes. Il était sincère. Il s'essuya les yeux avec le pan de sa chemise. Il se moucha. La pomme d'Adam montant et descendant, il ajouta :

– Que puis-je pour vous, Mohammed mon frère ? En quoi puis-je vous aider ?

– Je suis sali. La réputation de ma famille est ternie. Le scandale va s'abattre sur moi. Un cadavre chez moi, dans ma maison !

– Je vous ai compris à l'heure et à l'instant, approuva l'inspecteur. Votre portier a été un peu curieux. À l'heure qu'il est, les voisins sont au courant – des voisins riches, c'est-à-dire jaloux. S'il n'avait pas été fourrer son nez dans cette vieille poubelle, on aurait pu aisément déménager le macchabée dans un quartier galeux. Et l'affaire aurait été bouclée tambour battant. Crime crapuleux, voire règlement de comptes entre émirs du Golfe. Mais le scénario a fait couac et le scénariste est mort en couches. C'est ça qui vous turlupine, je me trompe ?

Le banquier garda le silence. Ali saisit la coupure : c'était un silence de Bundesbank ; pas question de baisser la garde ou les taux d'intérêt. À lui de se débrouiller. Il était flic après tout.

– Bon, enchaîna-t-il. Bon. Nous ne sommes pas à Dallas, mais chez nous. Voyons ce que donne la version marocaine, telle que je l'imagine. Écoutez bien. C'est simple, très simple. C'est un Crésus du pétrole qui vient passer ses vacances dans notre cher et vieux pays. Un soir, hier soir, il sort de son hôtel, se promène à l'aventure et se retrouve dans la zone des pouilleux. C'est la première fois de sa vie qu'il voit, voit de ses deux yeux, des Arabes pauvres. Des *Arabes pauvres*, c'est-i pas possible, par Allah ! Il y en a beaucoup, vous savez, des masses, pas très loin d'ici. Ils pullulent, ils espèrent des jours meilleurs, ce sont de vrais musulmans. Le Crésus qui a vécu jusque-là dans des palais et des hôtels cinq étoiles de par le monde, mettez-vous à sa place. Moi, je ne peux pas. Qu'est-ce qu'il fait séance tenante ? Il distribue son fric à la foule qui l'acclame, distribue tout : ses dizaines de cartes de crédit (avec le code confidentiel), les travellers, les devises, les quelques bijoux qui bourrent ses poches. Il ne garde sur lui qu'un pistolet. Oui : il vient de décider de se suicider. Son existence n'aura été qu'une ombre sur la terre. *Aveugles, sourds, ces gens ne se rendent pas compte de la réalité*, comme dit le Coran. Considérons à présent les voies impénétrables de la Providence. L'une d'elles le conduit chez vous. Il ne fait pas le mur, haut de deux mètres cinquante, électrifié qui plus est. Et d'ailleurs, ce n'est plus un gamin. Il ne sonne pas au portail : il ne veut déranger personne. Par contre en fouillant dans sa poche, il trouve un bidule – ce genre de télécommande à infrarouge qui déverrouille à distance les grosses bagnoles. Et celui-là est d'un modèle très perfectionné, capable d'ouvrir tous ses palais, aux Émirats comme à Londres, en passant par Alicante, Zurich et les Bahamas. Votre porte électronique n'y résiste pas.

Il entre. Il se faufile à quatre pattes. Il se glisse dans une poubelle, rabat le couvercle et se tire une balle dans la tête. Voilà le topo. Qu'en pensez-vous ?

Le président-directeur général avait écouté, mi-amusé mi-stupéfait. Il dit :

– Vous divaguez.

– Tout à fait. Le pétard avec lequel il s'est flingué a divagué plus que moi. Disparu, envolé. Cependant, m'est avis qu'il y aurait moyen de lui en substituer un autre. Ça se fait couramment dans les États de droit. Raison d'État oblige.

– Vous élucubrez.

– Absolument. J'oubliais que nos petits fouineurs du service de la balistique ont été formés à l'école de la police scientifique de Lyon. Ils auraient tout de suite vu la différence. Ah ! si on pouvait mettre la main sur votre 6.35, ce serait plus logique.

L'autre eut un brusque sursaut.

– Qu'est-ce que vous me chantez là ?

– La fin du premier chapitre, expliqua l'inspecteur avec affabilité. Le second est plus terre à terre, hélas ! Il commence par une banale histoire de pistolet 6.35, numéro 41.306-C-2. Le permis de port d'arme est à votre nom. Il a été renouvelé le 7 janvier.

Quelqu'un se leva, lança d'une voix haut perchée :

– Comment… comment diable êtes-vous au courant ?

– Élémentaire, mon cher président. Tout à l'heure, en revenant des toilettes, je me suis égaré quelque peu. Je me suis retrouvé dans votre bureau. Une minute ou deux, pas plus. Le temps de décrocher une toile de Poliakov et de jeter un coup d'œil sur le contenu du coffre mural qui se cachait derrière. Rassurez-vous : je n'ai pas pris de notes. Je n'ai pas de calepin. Et mon stylo-bille n'a plus de bille.

Il ferma la main droite et se tapa le front.

– Tout est là, conclut-il avec un large sourire. En confidentialité, ni vu ni connu.

Quand il rouvrit la main, il y avait sur sa paume une petite boîte d'allumettes. Il l'ouvrit. Elle contenait la douille d'une balle.

– 6.35. Xactement. Pas le moindre doute. Qu'est-ce qu'elle faisait donc dans cette vieille poubelle, sous le cadavre, parmi les feuilles mortes ?

Il y eut une longue pause. La musique des eaux était si apaisante. Et c'était comme si elle lavait les angoisses de cette misérable fin du XXe siècle. Comment les alguazils menaient-ils leurs enquêtes, du temps du califat de Cordoue ? Ils devaient juger d'après la tête du client, se la couler douce en tout cas. Pas de satanée machine à écrire et, partant, pas de rapport à taper avec deux doigts. Allah ! que la vie était simple en ce Moyen Âge qui faisait si peur aux chrétiens ! Ali écoutait ses os. Il était sur le point de piquer une petite sieste quand un ordre tomba, prosaïque :

– Laissez-moi en dehors de ce désastre ! Je n'y suis pour rien, ni moi ni ma maisonnée.

L'inspecteur tourna vers son hôte deux yeux pleins de sable. Il dit :

– Je ne demande pas mieux. Vous m'avez reçu avec hospitalité. Les « mlaoui » étaient délicieux, succulents. Je resterais volontiers déjeuner avec vous. Il paraît que dans les grandes familles on connaît encore certaines recettes du Paradis, comme les pieds de mouton au blé ou le « touche-madame[1] ». Mais je ne voudrais pas me montrer impoli. Et puis, il y a cette enquête qu'il faudra bien commencer un jour. Si vous me racontiez votre version des faits ?

– Il n'y a pas grand-chose à raconter.

– Allez-y tout de même. En peu de mots, pour ne pas vous fatiguer. Je broderai là où il subsistera des ombres au tableau.

– Je ne sais rien. J'étais en train de faire mes ablutions pour la prière de l'aube. On m'a prévenu de la macabre découverte que venait de faire mon portier. J'ai aussitôt téléphoné à mon cousin le ministre. Il a alerté le chef de la police.

– Mazette ! Vous devez avoir le bras long pour avoir réussi à les tirer de leur lit à pareille heure ! D'habitude, ils se rendent au bureau aux alentours de midi, histoire de signer le courrier de la veille. Et, d'après ce que mon petit doigt m'a appris, vous

1. *Mess-lalla*, en marocain : une salade à base d'épinards sauvages et de divers ingrédients que seules les femmes savent préparer. D'où son nom : « touche-madame. »

n'avez interrompu les rêves de ces huiles que lorsque vous avez constaté la disparition de votre pistolet. Exact ?

– Oui.

– C'est alors que le crime crapuleux est devenu une affaire personnelle. Vous vivez seul dans cette immense baraque ? À part votre chauffeur qui est venu me chercher chez moi au cul du jour et la petite soubrette qui…

– C'est ma secrétaire particulière, fit remarquer le banquier sur un ton rogue.

– Oh ! excusez-moi. À part votre secrétaire particulière et le gentleman en livrée, vous résidez tout seul ici ?

– Est-ce un interrogatoire ? un interrogatoire mené par un persifleur malpoli ?

– Pas du tout. Pas du tout. C'est une simple formalité. Maintenant qu'on a fait appel à moi, il faut bien que j'établisse un rapport, comprenez-vous ? Autant l'humoriser quelque peu, afin que mes chefs rigolent un coup en le lisant. Ça ne leur arrive pas souvent. Ils en oublieront le fond du problème. C'est le meilleur moyen de noyer le poisson. Alors, puis-je avoir une réponse à ma question ?

– Mes parents sont dans leurs appartements privés. Ils se reposent encore. Il y a aussi ma belle-mère dans son pavillon, au fond du parc. Mon fils est à Strasbourg, à l'université d'été d'un parti politique français.

– L'U.D.F. ? demanda l'inspecteur à brûle-pourpoint.

– Oui, je crois. Quant à ma fille, elle est en Angleterre. Elle prépare son concours d'entrée à la Polytechnic School of Great London.

Le banquier se tut un instant, puis ajouta, les yeux fermés :

– J'ai perdu ma tendre épouse il y a deux ans. Un accident de voiture.

Ali se mit debout, comme mû par un ressort. Il lui donna l'accolade, l'embrassa sur l'épaule gauche à la manière des Bédouins.

– Allah repose son âme en Son Saint Paradis ! pria-t-il avec ferveur. Qu'Il allonge votre vie le plus longtemps possible et qu'Il emplisse votre demeure de Sa baraka ! La B.M.W. gris métallisé de votre défunte épouse a heurté de plein fouet une bétaillère chargée de moutons, sur la route d'Al-Jadida, une route dangereuse m'est avis. Salaud de paysan qui s'était déporté vers sa gauche ! Il ne s'en est pas relevé. Et salauds d'ovins qui ne savent rien faire d'autre que de se laisser égorger à l'Aïd el-Kbir ! Ceux-là sont morts sur le coup, d'ailleurs, et les nécessiteux du coin se sont régalés avec leurs côtelettes. J'ai lu le rapport à l'époque. Cinq ou six gendarmes se sont retrouvés au chômage, si j'ai bonne mémoire. Et les domestiques, vous en avez sûrement ?

– Hein ? Oui, bien sûr. Il y a le chauffeur, une cuisinière, deux aides-ménagères, le portier, trois femmes de chambre, une dizaine de jardiniers et Sophia. C'est tout.

– Sophia ?

– Ma secrétaire particulière.

– Bon. Parfait. Les voilà donc au complet, dès potron-minet. Ils passent le domaine au peigne fin. Pas trace de l'assassin, pas trace de votre pistolet. Vous appelez qui de droit. Dites-moi : vous connaissiez cette viande froide ?

– Quoi ?

– L'émir dans sa poubelle.

– N'avez-vous aucun respect pour qui que ce soit, inspecteur ?

– Si. Pour les vivants. Beaucoup. Mais ceci est une autre histoire, comme disait Kipling Rudyard. Donc ce décédé n'a jamais croisé votre chemin au Maroc ou à l'étranger ?… avant qu'il ne décédât, s'entend ?

– Jamais.

– Vous aviez une petite réception hier soir ? Des amis, des collègues, des solliciteurs ?

– Non. J'ai dîné seul et je me suis couché de bonne heure. La journée avait été très chargée.

– Bon. Parfait, répéta l'inspecteur Ali.

Il confectionna lentement une de ses cigarettes infâmes, l'alluma, tira une longue bouffée, l'expira. Et c'est à ce moment-là qu'il eut une idée du tonnerre d'Allah. Il dit paisiblement :

– Pourriez-vous convoquer vos domestiques ? Tous ensemble, exception faite de Mlle Sophia, du chauffeur et du portier dont j'ai fait tantôt la connaissance ?

Quelqu'un manqua de souffle et le reprit à grand-peine.

– *Ici ?* demanda son interlocuteur.

– Oui, ici. C'est pour une expérience.

Le président-directeur général de la Banque centrale poussa un léger soupir. Il écarta une tenture, décrocha un téléphone mural, parla à voix basse – tandis que l'inspecteur surveillait du coin de l'œil la trotteuse de son bracelet-montre. Apparurent sur le seuil les domestiques par ordre d'importance. Ils se déchaussèrent avant d'entrer. Ils s'avancèrent d'un mètre ou deux, pas davantage. Et ils restèrent là, gauches, les yeux baissés.

– Je vous remercie, leur dit l'inspecteur. Vous pouvez disposer.

Ils ramassèrent leurs chaussures et s'en furent comme ils étaient venus.

– Vous ne les interrogez pas ? demanda le banquier.

– Non.

L'inspecteur se garda de sourire. Il se garda surtout de lui expliquer qu'ils venaient de répondre à toutes les questions qu'il ne leur avait pas posées – de répondre par leur seule présence : car comment, en une minute trente-cinq secondes dix dixièmes, avaient-ils pu s'endimancher de la sorte et accourir des quatre coins du domaine à l'appel de leur maître ? Y avait-il anguille sous roche – ou plutôt l'inverse : roche sur anguille ? Et est-ce que par hasard quelqu'un le prenait pour un jobard ? Tiens donc ! Il dit :

– Mes méthodes d'investigation vous intriguent, hein ? J'avoue qu'elles ne sont pas très musulmanes. Et, si je vous parais idiot, c'est uniquement parce que je le suis. À ce que j'ai cru saisir tout à l'heure, vous avez des participations financières dans ce luxueux hôtel de la Mamounia, à Marrakech ?

– Quoi ? Oui, bien entendu.

– Eh bien, dans ce cas, voudriez-vous téléphoner au directeur afin qu'il m'y réserve une chambre pour une huitaine de jours ? Le premier maillon de la chaîne se trouve là-bas.

– Ah ? fit le banquier, interloqué.

– Oui, affirma l'inspecteur Ali.

Mohammed décrocha, se nomma, donna des ordres, raccrocha. Il se tourna ensuite vers ce drôle d'individu en frac et pantalon rayé.

– Par quel prodige vos supérieurs vous ont-ils nommé inspecteur ? inspecteur-chef, qui plus est ?

– Je leur sers d'alibi, rétorqua l'inspecteur Ali en toute simplicité. Vous connaissez la dernière ?

Et il la lui raconta, une bien croustillante. Et le président-directeur général de la Banque centrale se dilata à l'extrême limite de la dilatation, tant et si bien qu'il tomba sur son derrière, au beau milieu de ses tapis du XVe siècle.

Ali descendit les marches du perron, s'engagea à pas lents dans l'allée. Du bout de la langue, il essayait de déloger une miette de crêpe coincée entre une canine et une prémolaire. Toutes pensées confondues, il réfléchissait, vaguement, sans séparer le grain de l'ivraie. Comme une pièce de monnaie, le Destin avait deux côtés : pile et face. La plupart des gens en ce monde n'en regardaient qu'un seul, toute leur vie durant. S'ils le retournaient, peut-être perdraient-ils la face ? Haha ! Ainsi donc, l'O.L.P. avait fini par s'entendre avec Israël, tiens donc ! Les Palestiniens n'avaient mis que peu de temps – une quarantaine d'années – pour se rendre compte que les pays arabes s'étaient toujours foutus d'eux, en long et en large. Et ce Mitterrand avait persuadé son vieux pote Shimon Peres d'organiser à Paris, à l'hôtel Bristol, d'ultimes tractations pour la frime ? Pour redorer quel blason ? « Et moi ? et moi ? » clamait Bill Clinton, pris de court… Les bétonneurs n'allaient pas tarder à foncer vers la Terre promise… Décidément, cette vieille enquête se présentait mal : serait-il obligé de recourir aux forceps ? Une voix appela dans un souffle :

– Monsieur l'Inspecteur !

Il s'arrêta. Il se retourna. Sophia était là, tout près de lui, sous le couvert d'un flamboyant. Elle avait ôté son petit tablier, dénoué sa chevelure. Elle avait un teint de raisins secs blonds. Elle ajouta précipitamment :

– J'ai couru, monsieur l'Inspecteur. J'ai quelque chose à vous…

Tout aussi précipitamment, il lui fit ployer la taille, l'étendit sur un tapis de mousse, la pénétra. Il sortit aussitôt, les yeux exorbités.

– Salaud d'Ali ! s'écria-t-il. Dieu maudisse la religion de ta mère à l'égal de la religion des chiens !… Connard, bâtard ! qu'est-ce que tu as fait ?… Mais qu'est-ce que tu as fait ?

Il s'envoya une gifle retentissante en travers de la figure.

– J'ai changé ton statut… Je t'ai déshonorée, toi si pure !

– Viens, dit-elle.

Il la regarda, la contempla. Elle était pantelante et douce.

– Tu veux ?

– Oui. Oh oui ! Viens en moi.

– Attends.

Il se pencha sur elle. Il but le sang pur qui gouttait de son hymen rompu. Il lécha les loges des adducteurs, en haut des cuisses, là où il y avait les meilleurs morceaux de la femme. Elle s'ouvrit.

– Viens en moi ! répéta-t-elle avec sauvagerie.

Il vint. Il se dulcina avec elle à la limite de la dulcination. Il se retira un peu plus tard, à court de moyens. Il s'assit près d'elle. Il renonça à rouler une cigarette.

– Tu as quel âge ? lui demanda-t-il avec une infinie tendresse.

– Vingt-deux ans, répondit-elle.

– Disons dix-huit.

– Dix-huit et demi.

– Mais pourquoi moi ? Je suis loin d'être un phénix.

Elle secoua la tête d'un petit mouvement vif, toute une mèche passa sur sa tempe droite et quelque chose de fort, d'impossible à définir, s'empara d'Ali tandis qu'elle laissait tomber ces mots :

– Tu m'as traitée en femme. C'est la première fois.

Tout un monde inconnu peuplait la profondeur de ses yeux, le clair de lune de son demi-sourire. Qui se mit à frissonner soudain ? Elle ou lui ?

– Raconte.

– Je n'ai pas beaucoup de temps.

– Raconte.

Elle raconta. Toujours elle s'était sentie à l'étroit dans cette immense demeure, pauvre au sein de l'abondance. N'importe qui à sa place aurait été heureux – mais pas elle. Elle était nourrie, vêtue, logée et on lui donnait de l'argent de poche sans mesure. On était gentil avec elle, on avait veillé à son éducation. Elle avait appris l'anglais et l'informatique. Elle n'était pas une employée à proprement parler. Plutôt un membre de la famille, par habitude. Une enfant surtout – une simple enfant, quoi qu'elle fît. Une esclave en liberté.

– Je vais t'épouser, dit Ali. Je…

Et il se tut. Non qu'il eût peur de terminer sa phrase (« *Je vais répudier ma bonne femme, ça ne va pas traîner* »), mais parce qu'à cet instant précis il sut de science certaine que son enquête venait de prendre forme. Bouche ouverte, il aspira l'air chaud parfumé de glycine et de belles-de-jour. Il écouta le chant d'un merle, jusqu'à la dernière note. Puis il reprit sur un ton enjoué :

– Je gagne des clopinettes, une pincée de ce qui te sert d'argent de poche. Et, quand je suis payé, c'est avec deux mois de retard sinon trois. On peut me révoquer demain. La vie est tellement dure pour nous autres qu'on n'arrête pas de rigoler. Tout ce que je peux t'offrir comme nid d'amour, c'est un deux-pièces-cuisine en banlieue… de quoi rêver !

– Je serai heureuse de rêver avec toi, dit-elle.

– Ah ? fit l'inspecteur. Ah bon !… Zut de zut ! j'allais oublier. Tu avais couru à ma rencontre tout à l'heure, avant que… oui, avant que nous… hmmm !… Qu'as-tu vu cette nuit ?

Elle n'avait rien vu. Le soir, elle gagnait sa chambre et n'en sortait qu'au réveil. C'était la règle. Mais elle avait entendu des cris, des éclats de voix. Cela ne s'était jamais produit auparavant dans cette maison de paix. Mais peut-être avait-elle fait un cauchemar ?

Elle se leva, l'embrassa sur le bout du nez.

– Il faut que je me sauve. Viens me chercher dès que tu pourras.

– Je viendrai. Sois-en sûre.

Elle se sauva en remontant ses cheveux en chignon.

3.

L'inspecteur Ali prit au vol un bus qui menait vers la Corniche – sans s'y engager toutefois : le front de mer était interdit aux transports en commun. Il fallait bien laisser circuler librement les grosses limousines et autres voitures de sport. Au receveur qui lui demandait son billet, il dit avec jovialité :

– Va te faire cuire un testicule, trouduc.

Dans le même temps il lui mettait sous le nez son insigne de police et lui renfonçait la casquette jusqu'aux yeux. Avant de descendre, il lui fit un bras d'honneur.

Il entra dans un café de belles dimensions. Par la cohue qui s'y pressait, par son air cossu, par la fricaille qui y coulait à flots, il lui rappelait cette brasserie de Madrid, naguère lieu de rendez-vous des franquistes. Elle était à présent le quartier général des felipistes et de tout ce qui constituait l'avant-garde de l'Espagne : écrivains, artistes, « médiatistes », anars, homos en tête ou en queue. Rien n'y avait changé, c'étaient les mêmes banquettes, les mêmes boissons, les mêmes serveurs ou peu s'en fallait. Seuls les billets de banque et les pièces de monnaie avaient consenti à troquer l'effigie de Gras-Double contre celle de Juan Carlos.

Ali troua la foule, troua les gesticulations et les voix qui essayaient de se faire entendre à travers le boum-boum-boum de la musique techno. Ici, il n'y avait pas de Caudillo. Pas encore. Sa Majesté n'avait pas pris une ride. Son portrait en pied trônait derrière le bar.

L'inspecteur s'accouda au comptoir. Il se fit servir une bière pression. Il était sur le point de saisir le demi quand il se ravisa.

– Nous sommes quel jour ? demanda-t-il.

Le barman essuya une tache imaginaire. Sa veste sans manches était constellée de pin's.

– Vendredi, laissa-t-il tomber du coin de la bouche.

– Alors débarrasse ma vue de cette boisson d'infidèle, dit Ali. Il faut que j'aille à la mosquée pour la prière de midi. Tous mes amis m'y attendent.

Et il sortit en invoquant le nom du Seigneur.

La petite mosquée de quartier était blanchie à la chaux, minaret compris. L'inspecteur Ali se déchaussa, ôta ses chaussettes, les mit dans ses souliers et gara le tout près du seuil, entre deux paires de babouches. Au bassin des ablutions il se lava le visage, les bras et les pieds. Trois fois de suite, rituellement. Puis il alla s'asseoir au dernier rang des fidèles, aux côtés de sa demi-douzaine d'amis – dont le barman qui avait passé une djellaba par-dessus sa veste de larbin. Yeux clos, mains jointes, il écouta religieusement le sermon en pur arabe classique. Il n'en comprit pas la plupart des mots, mais c'était excellent, ma foi. Un style ample, plein de poésie.

Majestueusement, l'imam descendit de sa chaire, se dirigea vers la niche creusée à même le mur, en direction de La Mecque. Les fidèles se levèrent. Ali aussi. Avec eux il fit la prière conviviale, se prosterna. Son âme s'illumina de paix. Quelque part dans le patio roucoulait un pigeon.

– Amen ! dit l'imam d'une voix haute et claire.

– Amen ! répéta l'assistance.

– La paix soit avec vous !

– Avec vous aussi !

Les fidèles se relevèrent, ramassèrent leurs chaussures, sortirent en petits groupes. C'était à qui inviterait l'autre pour le repas du vendredi. Ali et ses copains restèrent assis. Au bout d'un moment, l'imam vint les rejoindre, son chapelet à la main. Toujours sur leur séant, ils formèrent un cercle. L'inspecteur entonna une sorte de prière surérogatoire de sa composition. Il dit, détachant les syllabes afin que tous pussent le comprendre :

– *Louange à Dieu, Seigneur des univers, Matrice et Matriciel !...* C'est un respectable monsieur d'une soixantaine d'années, comme on n'en fait plus… Nous nous devons d'aider les faibles… Car *Allah est le Maître du Jugement dernier*. L'homme en question est portier de son état, dans le quartier des nantis. *Seigneur, c'est Toi que nous adorons et c'est de Toi que nous implorons le recours*... Le proprio est un banquier, très grande banque… *Mène-nous dans le chemin droit, Seigneur !*... Le portier ne doit pas quitter la vie plus tôt que ne l'a prescrit Allah… *Mène-nous vers le chemin de Tes élus, Seigneur !* Il a bien une famille, sinon de vieux amis pour le protéger… *Ne nous laisse pas dans l'ignorance et l'errance, ô Seigneur !* Même les éboueurs sont des personnes humaines, ils n'ont pas pu vider la poubelle… *Pardonne-nous nos fautes, Seigneur, en ce monde-ci et dans l'au-delà. Gloire à Toi, de toute éternité !* Amen !

– Amen ! répétèrent les autres en chœur.

Ils se levèrent et sortirent de la mosquée, chacun d'eux dans une direction différente. L'inspecteur Ali se mit debout à son tour. Il souriait d'un fin sourire de renard. Oh non ! il n'avait pas confiance dans la police. Pas pour cette affaire-ci. Il préférait faire appel à ses propres enquêteurs, des gars efficaces et discrets.

Vers la fin de l'après-midi, une vénérable grand-mère sonnait à la porte du président-directeur général de la Banque centrale. Le gardien regarda par le mouchard grossissant et ouvrit. La vieille dame entra, vêtue à l'ancienne. Elle releva son voile et sourit de toutes ses rides.

– Kaddour ! s'exclama-t-elle. Bénie soit la Providence qui m'a permis de te revoir après tant d'années… Kaddour fils de Mabrouk fils de Houssaïn ! C'est bien toi, n'est-ce pas ?

Kaddour avala sa salive. Il dit :

– Oui, madame. Mais…

– Relève ta manche. Non, pas la droite. La gauche ! Tu as toujours ta tache de naissance sur l'avant-bras ?… Mais oui ! Elle est encore là… Je l'embrassais souvent en te donnant le sein. Ta pauvre mère manquait de lait. Elle est morte depuis longtemps, qu'Allah repose son âme ! Halima, la voisine de ton père Mabrouk le cordonnier, qu'Allah repose son âme à lui aussi !

– Halima ? dit Mabrouk, les yeux ronds. C'est-i-dieu pas possible ! Nous autres au village, on croyait que vous étiez morte en pèlerinage, voilà trente ou quarante ans.

– Faut croire que les péchés comme moi ont la vie dure, rétorqua la vieille dame. Non, fils, j'étais restée là-bas, à La Mecque, puis à Médine, longtemps, très longtemps.

– Ah ben ça ! Ah ben ça ! Venez par ici. Venez vous reposer un peu.

Il la fit entrer dans sa loge. Il la fit asseoir, lui arrangea un coussin derrière le dos. Ça, c'était un miracle ! La dame très âgée racontait, babillait, heureuse. Et tout à coup, elle se souvint.

– Attends, dit-elle. Je t'ai ramené des dattes de Médine. Il ne m'en reste pas beaucoup.

Elle plongea la main sous son haïk, ramena à l'air libre un petit sac qu'elle se mit en devoir d'ouvrir, tandis qu'elle se contorsionnait quelque peu. Oui, ces vêtements féminins à l'ancienne mode se mettaient en boule au moindre mouvement, s'entortillaient autour de son pistolet lacé sous son aisselle. Bah ! il ne fallait pas trop y penser. Tarik, l'un des copains de l'inspecteur Ali, était un tireur d'élite. Il était aussi le roi des déguisements.

À l'institut médico-légal, l'inspecteur Ali s'entendit signifier par un appariteur en veston cravate que le Dr Fakhita n'avait pas le temps de le recevoir. Il le chatouilla au niveau des côtelettes et entra sans frapper.

– Sortez ! lança une voix de contralto voilée. En vitesse.

– Je ne fais que passer, madame, dit-il. En vitesse.

L'unique fauteuil était surchargé de journaux et d'un numéro du *Nouvel Observateur* avec en couverture la photo de Bernard Tapie. Il s'assit dessus. Cheveux acajou retenus par des barrettes au niveau des tempes, une paire de lunettes à monture d'écaille relevées sur le sommet du crâne, le Dr Fakhita faisait lentement glisser un té le long du gabarit de montage de sa table lumineuse. À tâtons, elle attira un bloc de papier, griffonna quelques chiffres agrémentés de sinus et de cotangentes. Puis elle se redressa sur son siège, mit ses lunettes sur le nez, examina l'intrus. Elle avait une quarantaine d'années, la poitrine haute. « Putain ! se dit l'inspecteur. Elle vaut encore le coup. »

– Je vous ai prié de sortir, fit-elle remarquer. Vous me troublez.

– À ce point ? demanda Ali.

– Qu'est-ce que vous venez faire ici ? (Elle avait à peine rougi.)

– Oh ! pas grand-chose, répondit-il. Avoir des nouvelles du mort qu'on vous a confié tantôt. Le nabab au tchamir.

Elle le regarda en plein visage.

– C'est vous qui êtes chargé de cette affaire ? Pas possible !

– Eh si ! madame. C'est bien moi. Je fais tout dans cette baraque. Qu'ai-je fait au Bon Dieu pour mériter un pareil sort ? Toujours travailla, jamais reposa. Que n'ai-je choisi une profession de tout repos, préfet de région par exemple, ambassadeur à Jérusalem… ou, tiens ! docteur des macchabées ?

Elle ne sourit pas, ne battit même pas des cils. « La vache ! pensa Ali. Sa féminité doit être pleine de maths. » Elle joignit le bout des doigts. Elle dit de sa drôle de voix :

– Vous aurez mon rapport demain dans l'après-midi. Par la voie hiérarchique.

– Je ne sais pas lire, se récria l'inspecteur Ali. Vous pouvez l'envoyer à n'importe qui, au diable vauvert si ça vous chante, mais pas à moi. Je suis un illettré de fraîche date. Vous avez pu prendre les empreintes digitales du cadavre ?

Elle se tourna de côté, ouvrit un classeur (« *Mertalors !* se dit-il. Qu'est-ce qu'elle fait de ses nichons en pointe ? »), lui tendit une pochette en plastique. Elle dit, nette et précise :

– Donnez-moi…

– Quoi donc ? avec plaisir, madame. (Il se leva, se pencha sur elle.)

– … Donnez-moi une signature. Ici, sur ce registre. Et partez.

– Je ne sais pas lire, répondit-il. Par contre, je sais écrire.

Il apposa son paraphe tarabiscoté, empocha le stylo qu'elle lui avait tendu tandis qu'il lui posait une petite question :

– Qu'est-ce que vous en faites ?

– De quoi ? demanda-t-elle. De votre signature ?

Il pointa l'index en direction du creux en contre-plongée.

– De ça, dit-il. Qu'est-ce que vous en faites ?

Le contralto se brisa.

– Sortez d'ici ! Débarrassez-moi le plancher, espèce de voyou de la plus basse espèce !

– Ce n'est pas du plancher, corrigea-t-il avec sévérité. C'est du carrelage. Ceci dit, je débarrasse, chère madame. Je débarrasse.

Et il s'en fut en entonnant une vieille chanson d'Yves Montand :

– Sous un léger corsage
Qui fait des plis,
Deux jolis seins bien sages
Comme c'est joli…

Il l'avait eue, la carne ! Deux fois. Excédée, elle lui avait remis sans trop réfléchir la série d'empreintes en main propre, sans passer par la voie alambiquée de la hiérarchie comme le voulait le règlement, ce qui permettait de gagner vingt-quatre heures au bas mot. Et d'une. Deux : il lui avait escamoté sous son nez un stylo Parker avec plume en or. Il en tirerait pas mal de flous à la médina.

François Pétras était quelque chose comme la cheville ouvrière de la coopération. Il s'occupait de science, de technique et de culture pour le plus grand rayonnement de la mère patrie. En vingt-cinq ans de carrière officielle, pas une fois il n'avait été question de sa mutation dans un autre pays ou de sa promotion dans la haute administration. Il avait survécu à divers gouvernements de droite, de gauche et de milieu. Il se trouvait bien là, entre les deux peuples, ni trop important ni trop petit, sous le soleil du Royaume. Il accueillait des conférenciers à leur descente d'avion, les logeait dans les meilleurs hôtels, les dirigeait ensuite vers tel centre culturel ou telle université selon l'offre et la demande. S'il était de taille moyenne, il possédait une immense voiture qu'il conduisait à toute vitesse. Des écrivains stressés par leurs propres œuvres – et dépaysés sans doute – en avaient fait l'expérience, sur la route Fès-Tanger par exemple.

Très vieille France, il avait de grandes attentions pour les actrices sur le retour, venues redorer leur peau et leur blason à l'occasion de la diffusion sur l'antenne de la télévision nationale de films caviardés

(caviardés à cause d'un baiser ou d'une poitrine provocante), où elles avaient tenu jadis un rôle de courte durée. Du moins celles qui étaient encore ingambes – et les bobines qui n'étaient pas piquées des hannetons. Et c'était plaisir de le voir leur passer avec des ronds de jambe des petits fours et une coupe de champagne dans le salon attenant à son bureau – plaisir surtout pour lui de contempler leurs mimiques de chatte. Parfois il s'offrait le luxe d'en inviter deux ou trois en même temps, rien que pour se dilater la rate (diplomatiquement, bien sûr) devant les mamours qu'elles se faisaient avec inimitié, au pied levé et sans contrat. « Comment, chère ? Non, les journalistes ne sont pas encore là… Vers minuit peut-être… Ce sont des oiseaux de nuit, savez-vous ?… Comment dites-vous ? Vous serez dans les bras de Morphée à cette heure-là ? Dommage, chère ! Encore un peu de champagne avant que je ne vous reconduise ?… » Elles l'adoraient. Il était irrésistible.

Et puis, entre deux réceptions, deux coups de téléphone, il allait consoler sinon ragaillardir ces pauvres gens : des ministres – et non des moindres – accourus sur les rotules depuis Paris, des hommes de béton, de « grandes signatures », des personnalités diverses à tout point de vue. Certains d'entre eux attendaient depuis deux ou trois semaines que Sa Majesté daignât leur accorder une audience à la sauvette. Mais le roi était le roi. Même lui, François Pétras, n'avait pas ses entrées au palais. Et pourtant…

Cet après-midi-là, il avait tombé la veste, avait étudié un dossier brûlant. Il venait de le ranger dans le coffre-fort. Sur un coin de son bureau tournoyait un ventilateur en un ronronnement feutré. La porte s'ouvrit. Plus exactement, elle s'entrouvrit d'une vingtaine de centimètres. L'inspecteur Ali montra sa tête. Juste sa tête, emmanchée d'un long cou.

– Je peux ? dit-il timidement.

– Entre, ouistiti, répondit François Pétras. Où diable avais-tu disparu tout ce temps ? En prison ?

L'inspecteur Ali entra, referma la porte. Il attira une chaise, la retourna, s'y assit à califourchon. Son visage était grave, très grave.

– Haha ! s'exclama François. Haha ! Qu'est-ce que c'est cette tenue de gala ? Tu vas à un enterrement ?

Ali posa un index sur ses lèvres.

– Chut ! dit-il. Je suis en mission secrète.

– Ah oui ?

– Oui. Le meilleur moyen de se déguiser, c'est de se faire repérer à tout bout de champ. Tu veux que je te mette dans la confidence ?

François connaissait son bonhomme de longue date. Il se méfiait de ses facéties dictées par un esprit retors. Mais, comme à chaque fois, sa curiosité fut piquée au vif. Il dit :

– Raconte.

– Eh bien, voilà, commença Ali à voix basse. Il n'y a pas de micro dans cette pièce, j'espère ?

– Non. Tu peux m'en croire.

– Je te crois, François. Mais il y va de ma tête, comprends-tu ?

– À ce point ?

– Oui, François. À ce point. Voici l'affaire. C'est un ministre. Je ne te dis pas son nom, tu dois sûrement le connaître. Récemment, il a fait l'acquisition d'une propriété à la campagne. Et, juste au milieu de cette propriété, il y a un âne. Un âne noir. Bon. Quelques jours se passent. Et puis… et puis, il va consulter un docteur, un psychiatre de renom. Je… je ne sais pas si je peux continuer. C'est top secret.

Ali se mit à frissonner tout à coup. Il tira de sa poche un mouchoir à carreaux, s'épongea le front. François était à présent tout ouïe, même si sa défiance envers ce drôle de personnage n'était pas encore tombée.

– Continue, l'encouragea-t-il.

– Bon, reprit l'inspecteur Ali en tablant sur l'absurde. Donc un beau jour, il va consulter un toubib. « Docteur, il m'arrive quelque chose de calamiteux. Mon épouse fait chambre à part, mes enfants se moquent de moi et je ne sais que devenir. C'est la catastrophe. – Quelle catastrophe ? demande le psychiatre. – Le désastre dans toute son horreur. Depuis quelque temps j'ai… j'ai des incontinences nocturnes, à mon âge, quarante-sept ans ! – Ah ? fait le docteur. Expliquez-moi ça. – Toutes les nuits, dit le ministre, je fais le même rêve. Dès que je m'endors, survient dans mon rêve l'âne noir. Il me dit : "Maintenant que tout le monde est au lit, on va pisser un coup." Et, docteur, je ne peux pas m'empêcher de lui obéir. »

François Pétras tressautait déjà sur son siège, partagé qu'il était entre le rire et l'incrédulité. Avec ce ouistiti on ne savait jamais.

– C'est une blague ? demanda-t-il. Une blague éculée ?

– Oh non ! pas le moins du monde, protesta l'inspecteur, le visage décomposé par l'effroi. Attends la suite. Les services de sécurité sont sur les dents, le gouvernement va probablement être remanié. C'est alors que quelqu'un du palais a eu une idée : faire appel à moi pour essayer de sauver la situation. Ce ministre est dans les petits papiers de qui tu sais.

– Ah oui ? dit François, perplexe.

– Oui, affirma Ali. « Jusqu'où pourrais-je bourrer le mou à ce type ? se demandait-il. Il est pourtant très intelligent. » Donc le toubib dit au ministre : « Ce n'est pas bien grave, Excellence. Avant de vous endormir, mettez-vous bien dans la tête cette simple phrase : "Non, espèce de bourricot, je ne veux pas t'obéir." Ce sera souverain, croyez-moi. Au revoir, Excellence. Et revenez me voir dans une huitaine de jours. »

– Et alors ?

– Alors il est revenu le voir deux jours plus tard. « Ça va mieux, Excellence ? – Non, docteur, pas du tout. – Vous avez bien répété la formule d'autosuggestion avant de vous endormir ? – Oui, docteur. Je l'ai même récitée une demi-douzaine de fois : "Je ne t'obéirai pas, espèce de bourricot. Je

ne veux pas faire pipi, âne fils d'âne et d'ânesse."
– Eh bien ? – Eh bien, cet animal est revenu dans mon rêve. Il m'a dit : "Il ne faut pas vous en faire pour ça, mon cher ministre. On ne va plus faire pipi. On va juste faire caca." Et… et je l'ai fait, docteur. Je l'ai fait… »

François Pétras hoquetait de rire, frappait son bureau à coups de poing. Il en pleurait. L'inspecteur Ali était très étonné.

– Mais qu'est-ce que j'ai dit ? répétait-il. Qu'est-ce que j'ai donc dit de drôle ? Tu ne vas pas mourir tout de suite, François ?

– Arrête ! cria François entre deux quintes. Arrête pour l'amour du ciel.

Il finit par se calmer. Il s'essuya les yeux. Son souffle était court, ses pommettes cramoisies. Sa voix était comme déchirée quand il laissa tomber :

– Tu m'as eu. Tu m'as encore eu.

– Tu connais la dernière ?

– Ah non ! tu ne vas pas recommencer.

– Pas du tout, le rassura Ali. Cette fois, je suis très comique. Je dirais même plus : hilarant.

Et il laissa choir sur la table la série d'empreintes digitales, se pencha vers son interlocuteur, à le toucher. Il dit :

– Il est mort. Je voudrais savoir qui il était de son vivant. Son nom, ce qu'il faisait pour gagner sa croûte de nabab. Attends. Ne m'interromps pas. D'après ses frusques, il devait être originaire du Golfe, quelque part par là. Mais l'habit ne fait pas le moine comme dit un proverbe de ton pays. Il fréquentait du beau linge en tout cas. Attends.

Patiente avec ton âme de chrétien. Il y a eu meurtre. On n'en parlera pas dans les journaux, encore moins aux infos. Ici, il n'y a pas de faits divers. Jamais. Tu le sais aussi bien que moi. Bien sûr, je pourrais faire appel à la brigade criminelle, à la police de l'air et des frontières, à nos services spéciaux, voire à Interpol, pour essayer de me rencarder sur ses allées et venues. Mais je n'en ferai rien pour des raisons entre parenthèses. En conséquence de quoi, il me faut enquêter par la tangente. Et la tangente, c'est toi. Non pas le manitou de la coopération entre nos deux peuples, mais le technicien de la D.G.S.E.

Il extirpa de sa poche une blague à tabac. Il confectionna une cigarette de forme cylindrique. Il l'alluma à l'aide de son briquet fumigène. Il aspira une bouffée jusqu'au fin fond de ses bronches. Pétras n'avait pas changé d'expression. Ni cillé. Tant qu'Ali fuma, il se contenta de le regarder de ses yeux d'un bleu très clair, le sourire aux lèvres. Et, quand il le vit écraser le mégot entre le pouce et l'index et le ranger dans la petite pochette de son habit de soirée, il dit :

– C'est encore une de tes blagues ?

– Pas du tout, répondit tranquillement l'inspecteur Ali. Moi aussi, je fais partie de la « piscine ». Un collègue en quelque sorte.

– Haha ! fit François Pétras. Elle est bien bonne.

– Haha ! répéta Ali comme un écho. Elle est bien bonne, comme tu dis.

Il se leva, contourna le bureau, se pencha sur Pétras, lui murmura quelque chose à l'oreille. Les traits de Pétras se figèrent. Ali regagna son siège. Pétras toussota. Il dit sur le ton de la conversation :

– Cela reste à prouver.

– Je n'en fais pas état, rétorqua l'inspecteur. Sauf au seul ami que j'ai au monde.

François Pétras le considéra avec attention durant un bon moment. Puis il ouvrit un tiroir, en tira un bloc-notes, le tendit à Ali.

– Le seul ami que tu as au monde te dit : donnant-donnant. Je veux bien t'aider dans ton enquête tarabiscotée à condition que tu me paies de retour. Récemment, tu t'es rendu à Alger. Tu y as rencontré le Colonel, ancien patron de la Sécurité militaire. Qui l'a tué ? Tu as un beau stylo agrafé à ta pochette.

Ali décapuchonna son stylo, écrivit trois mots. Puis il fit décrire au bloc-notes un angle de cent quatre-vingts degrés.

– Tudieu ! s'écria François, au comble de l'étonnement.

– Tu peux tuer ton dieu si ça te chante, protesta Ali. Mais laisse le mien tranquille.

Il allongea le bras, détacha la feuille de papier, actionna son briquet. Ensemble, ils contemplèrent les trois mots se consumer dans le cendrier.

– Je ne t'ai rien dit, conclut l'inspecteur. Et il ne reste que de la cendre de ce que ma main a écrit. D'accord comme ça ?

– D'accord, répondit Pétras. Où pourrais-je te toucher ces jours-ci, au cas où j'aurais quelques renseignements à te communiquer ?

– À Marrakech, palais de la Mamounia.

– Bigre ! Bigre de saperlipopette !

– Ça veut dire quoi, « saperlipopette » ?

– Le merdier, laissa tomber François. La Berezina.

Dans la vieille médina, il troqua le stylo *made in G.B.* contre un couffin et de quoi le remplir bien tassé : dattes, amandes, figues sèches et un pot de miel de thym qu'il se fit offrir avec le sourire après qu'il eut demandé à l'épicier pourquoi il n'y avait pas de portrait de Sa Majesté dans son magasin. Il acheta à moitié prix un coq vivant chez le volailler qui vivotait à dix mètres de là et qui avait de bonnes oreilles. Avec son mouchoir à carreaux, il l'attacha patte à patte et il se mit en route vers la demeure du cadi Haj Moussa. Trois ou quatre fois, le coq redressa la tête et picora goulûment quelques amandes. Ali le laissa faire. Il fallait bien que ce roi de la polygamie se consolât un chouia de la perte de ses concubines. Et d'ailleurs, il n'allait pas tarder à se transformer en tagine.

Trapu, enturbanné, barbe rousse, le cadi Haj Moussa prenait le frais dans le patio. Ses quatre épouses se tenaient à ses côtés, deux à sa droite, deux à gauche. Elles avaient la même morphologie ou peu s'en fallait : petites de taille, potelées, le visage rond. Seul différait leur âge, de cinquante à vingt ans, graduellement, par décennies. Toutes avaient les cheveux très longs, bruns de nature ou par artifice. C'est ce que remarqua l'inspecteur Ali en ouvrant la porte.

– Entre, fils, lui dit le cadi. Entre.

Ali se déchaussa sur le seuil, se dirigea vers les maîtresses de maison. À chacune d'elles il baisa la main, dit cérémonieusement : « Madame. » Elles avaient les yeux baissés. Lui aussi. Toute pensée impure était proscrite de son esprit en ces instants et en ces lieux. Il s'agenouilla ensuite face au cadi Haj Moussa, lui embrassa les mains et les pieds. Il se recula, posa devant son hôte le couffin de fruits secs et le gallinacé. Il dit :

– Allah allonge ton existence, mon oncle Haj ! Qu'Il emplisse ta maison de félicité !

Le cadi leva vers lui des yeux pleins de bonté et d'honneur.

– Et qu'Il te garde en bonne santé, fils ! répondit-il. C'est trop. Beaucoup trop.

– C'est peu de chose en regard de ce que les nouveaux riches jettent dans les poubelles, fit remarquer Ali. Pour un peu, ils y jetteraient un de leurs semblables. Forcément, ils se sont attachés aux biens de ce monde. Comme le proclame le Coran, *le jour où le frère fuira son frère et le... et le...* Zut ! j'ai oublié le reste du verset.

– Ça ne fait rien, fils. C'est l'intention qui compte. Je te suis obligé en tout cas.

– C'est moi qui suis ton obligé, Haj Moussa, protesta Ali. Il y en a qui ont tout. Il y en a d'autres qui n'ont que la religion.

Et sans transition aucune il tira un coupe-chou de la poche intérieure de son frac, attrapa par le cou le coq qui n'avait cessé de caqueter et posa une petite question :

– Je l'égorge pour ton dîner ?

– Laisse, dit le cadi. L'épouse s'en chargera tantôt.

L'inspecteur ne se demanda pas de laquelle des quatre il s'agissait. Non. Il se leva et alla accomplir le sacrifice au-dessus de la grille d'écoulement des eaux, au centre du patio, en entonnant d'une voix grave : « *Bismillah !* au nom du Seigneur ! »

– Vite ! s'écria-t-il. De l'eau chaude.

L'instant d'après, les femmes de Haj Moussa étaient là, accroupies autour de lui, l'aidant à plumer la volaille à pleines mains dans une bassine. Un peu plus tard, la maison s'emplissait d'effluves et de sons délicieux. Une femme pilait des feuilles de coriandre et de l'ail rose dans un mortier en cuivre. Une autre, dans un autre mortier, cassait des olives vertes, du pouce et de l'index en extrayait les éclats de noyaux. Une autre encore préparait du thé vert à la mode d'autrefois, sans menthe, avec juste une petite boule d'ambre gris collée tout en haut du capuchon de la théière afin d'aromatiser le breuvage bouillant. À l'aide d'une spatule, la plus âgée soulevait délicatement la peau du coq, glissait dessous un mélange de sel, de cumin et de gingembre, de safran en cheveux et d'écorce de citron confit, farcissait l'intérieur de la volaille de pâte d'ail et de coriandre que lui passait sa jeune compagne. Et toutes, à quatre voix modulées, accompagnaient à l'unisson leur époux qui chantait de sa voix de bronze un cantique à la gloire de Dieu et de toutes Ses créatures. Ce faisant, les yeux toujours baissés elles écoutaient les instructions de l'inspecteur Ali : « Pas tant de gingembre, madame… Pétrissez bien le coq aux parties charnues, les cuisses surtout, ça l'attendrira d'autant… Et maintenant, badigeonnez-le d'huile d'olive, s'il vous plaît. Deux cuillerées suffisent, madame… » Environné d'étincelles, il actionnait le soufflet tel un accordéon, attisait les braises du canoun. Il était dans son élément. L'odeur du charbon de bois grésillant le grisait presque autant que l'humus d'une jeune… Oui, bon, hmmm, ce n'était guère le moment de sexualiser à tout propos. Il était chez le cadi, que diable !

Ils dînèrent à la nuit tombée. C'était un régal. Ali mâcha ce qui restait de peau. Il rongea un os. Il se lécha les doigts. Il y avait bien quelques taches de sauce sur le plastron de sa chemise et sur son pantalon rayé, mais bah ! ce n'étaient que des habits de *zéropéen.* Il ajusta ensuite sa langue le long de sa bouche pour se lancer dans un discours cartésien. Il dit :

– Prête-moi l'oreille, Haj Moussa. À n'importe qui, sauf à toi, je pourrais aisément déguiser la vérité pour en fabriquer une autre, plus vraie que nature. C'est le principe même des sociétés modernes et de ce qu'ils appellent la civilisation. Ils parlent même de « beaux-arts » et de « belles-lettres ». Je dirais plutôt : « les laides-lettres et les laids-arts ». Oh non ! pas à toi, cadi, gardien de la loi éternelle. Tu connais par cœur les soixante-dix-sept mille six cent trente-neuf mots du Coran et tu en vis, tu les vis. C'est pourquoi en ta présence et à ton écoute je me sens musulman, profondément.

Loin de toi, je suis un flic pour le meilleur et pour le pire. J'ai une épouse, jeune et jolie, et avec elle c'est surtout le pire, alors que je m'attendais au meilleur. Avec toutes les couleurs de la vérité du XXe siècle civilisé, je pourrais t'affirmer qu'elle mange du porc, boit du vin, ne respecte pas le jeûne du mois de ramadan ; bref, qu'elle n'a pas de religion. Mais ce serait ternir son âme et te mentir, cadi Haj Moussa. Non, c'est beaucoup plus simple : elle me demande d'être ce que je ne suis pas ; elle me demande quotidiennement de lui acheter ceci ou cela et je n'en aurai jamais les moyens. Je ne parle pas de la cuisine qu'elle ne fait pas, ou si peu, si dégueu. Je ne parle pas non plus de la chose qui constitue le ciment du mariage. Cela lui arrive rarement et encore dois-je la forcer, sauf ton respect. Total chez l'épicier : je souhaite la répudier sans plus tarder. Elle est belle, elle n'a que vingt-deux printemps, elle se recaserait vite fait. Bien évidemment, je pourrais m'adresser aux tribunaux laïques. Mais il faudrait attendre deux à trois semaines, même avec la position que j'occupe dans la société, même avec l'appui de mes supérieurs. Non, je voudrais divorcer selon la Charia. Voilà, mon oncle. Mon sort est entre tes mains.

Le cadi dévida les quatre-vingt-neuf grains de son chapelet, les quatre-vingt-neuf attributs de Dieu. Ensuite il demanda à l'inspecteur :

– Et qu'en dit-elle, elle ?

– Je n'en sais strictement rien. Je l'ai mise en prison en attendant. Je ne vais quand même pas l'y laisser moisir durant deux ou trois semaines.

– Ah ! fit le cadi. Ah !

Une demi-heure plus tard, Ali prenait congé de son hôte, muni d'un certificat de répudiation en bonne et due forme cosigné par deux passants appelés à la rescousse en qualité de témoins. Il regagna son logis, emballa les affaires de son ex-femme (la télé comprise) et se vautra en travers de son lit. « Allah akbar ! » dit-il à haute voix. Il s'endormit en trois secondes.

La prison était bien fraîche sous le soleil de midi. Zoubida aussi. Sanglotante, elle se jeta dans ses bras, lui demanda pardon pour les vilenies qu'elle lui avait fait endurer malgré elle. Il lui lut l'acte du cadi et lui demanda de déguerpir. Ses cliques et ses claques l'attendaient à côté dans la salle de police, ainsi que sa levée d'écrou. Il ne lui remit pas d'argent pour subsister en attendant des jours meilleurs. Il n'avait pas un radis. Qu'elle vende donc sa foutue télé ! Salut.

4.

À l'entrée de l'hôtel Mamounia, un amiral chamarré prétendit lui barrer le chemin d'un mouvement du menton. Puis il se ravisa.

– Tu es sans doute le chauffeur de taxi ?

– Xactement, répondit l'inspecteur Ali. Qui c'est que j'embarque en premier au commissariat ? Toi par exemple ?

L'homme devint cramoisi. La vue de l'insigne de police ramena son teint au blanc cassé.

– Oh ! Excusez-moi, monsieur. Si monsieur veut bien me suivre ?

– Monsieur ne veut pas, dit l'inspecteur avec cordialité. Reste là où tu es. Et pas un mot à quiconque si tu veux conserver ton job.

Et il pénétra dans le hall. À deux mains, il pelota quatre ou cinq fauteuils comme s'il se fût agi de fesses ou de seins, en choisit un bien moelleux et s'y laissa tomber, les jambes en travers de l'accoudoir telle une paire de haches. À portée de sa main il y avait une petite table en cuivre et, sur la table, un plat chargé de dattes et de nèfles. Il se servit. Il fit bonne mesure, au diable l'avarice ! Il se sentait bien dans son jean et son T-shirt, et ses pieds étaient à l'aise dans ses baskets. Des grooms, des hôtesses, des V.I.P., tous affairés et efficaces, marquaient un temps d'hésitation, lui jetaient un coup d'œil furtif. Il leur rendit regard pour regard. À un certain moment, un jeune homme en smoking vint malencontreusement lui boucher l'horizon : une belle chute de reins en bermuda. Il se plia à angle droit. À l'aide d'une serviette en papier, il ramassa avec délicatesse les noyaux qui s'étaient entassés sur la table. Il souleva la coupe de ce qui restait de fruits. Il s'éclaircit la gorge. Il dit, entre miel et vinaigre :

– Tu… vous attendez quelqu'un ?

– Je loge ici, répondit l'inspecteur Ali.

– Ah ? Hmmm ! Mille pardons, monsieur. Je ne vous avais pas reconnu.

– La réciproque est vraie.

– Hein ? Oui, effectivement. Hmmm ! Quelle chambre, monsieur ?

– Vous connaissez la dernière ? lui demanda Ali tout sourire. C'est un fonctionnaire de l'hôtellerie, un chef de rang B.C.B.G. promu à un bel avenir si je ne m'abuse. Il accomplit sa tâche à la perfection. Ce faisant, il emmouscaille en long et en large un officier de police dans l'exercice de ses fonctions. D'après vous, que va-t-il lui arriver d'ici la fin de la journée ?

L'homme se raidit. Son habit aussi.

– C'est-à-dire, monsieur…

– Xactement, conclut l'inspecteur. Remportez donc ce plat. Entraîné par un excès d'hospitalité, il vous prendrait sans doute la lubie de me l'offrir en souvenir. C'est de la belle faïence de Fès, je ne dis pas le contraire. Mais ça jurerait dans mon palais de banlieue.

Mentalement, le B.C.B.G. fit appel à ses anciens professeurs de l'École hôtelière de Genève : par Allah et le Prophète, comment se seraient-ils comportés devant un tel cas de figure ? Même à la vitesse de la pensée occidentale, des rives du lac Léman la diplomatie helvète risquait fort de n'être plus que du réchauffé en arrivant à Marrakech, sinon de se transformer en palabres de souk. C'est pourquoi il opta pour une formule pasteurisée.

– Monsieur désirerait-il autre chose ? demanda-t-il avec componction.

– Oui, répondit Ali. Pourriez-vous m'indiquer les horaires des restaurants ? J'imagine qu'il y en a plusieurs dans cet établissement.

– Oui, Monsieur, dit l'autre. (Il se crut sauvé.) Plusieurs. Généralement, on sert le petit déjeuner de six heures trente à dix heures, le déjeuner de midi et demi à seize heures et le dîner de dix-neuf heures à vingt-trois heures.

– C'est embêtant, fit remarquer Ali, le front plissé. Ça ne me laisse pas beaucoup de temps pour me promener en ville. Appelez-moi le patron.

– Le pa… le patron ?

– Lui-même. En chair et en os. Il ne mord pas, j'espère ? Allez lui dire, mot pour mot : « L'envoyé spécial de la Banque centrale est arrivé. » Mot pour mot, hein ? Pas un de plus, pas un de moins. Eh bien ? Qu'est-ce que vous attendez ?

– C'est-à-dire que…

– Allez me le chercher séance tenante, sur-le-champ, immédiatement. *Roh ! fissa !* et n'oubliez pas le plat.

Quelque deux ou vingt minutes plus tard selon la relativité du temps, le maître des lieux faisait son apparition, escorté par ses proches collaborateurs. Il était vêtu de gris. Les autres aussi, ton sur ton. Ils marchaient du même pas, décidé et feutré à la fois, examinaient par-ci par-là des clients arabes sans trop les dévisager (juste un regard d'huile), conciliabulaient un chouia, le visage toujours amène et souriant, puis bifurquaient en direction du petit salon, du premier grand salon, du second grand salon, du salon d'honneur, du boudoir pour ladies, de la salle de conférences, puis s'en revenaient bredouilles dans le hall. L'inspecteur Ali n'avait pas bougé de son fauteuil. Il s'amusait comme un fou. Et pourquoi ne se serait-il pas payé une pinte de bon sang ? Il avait une rate comme tout un chacun. Ces messieurs pétris de sagesse et d'expérience étaient de piètres détectives, ma parole d'horreur !

Quand il se rendit compte que leur courtoisie légendaire commençait à grisailler, il se leva. Il dit à voix haute dans l'idiome de Shakespeare :

– *Hello ! Maybe you're looking for me, hey ?*

Et probablement parce que son anglais écorchait ses propres oreilles, il ajouta dans le dialecte d'Arouet :

– J'ai prêté ma pipe à Sherlock Holmes et j'ai laissé mes muscles à Rambo. Mais c'est bien moi. Pas la peine de chercher plus loin.

Ils fondirent sur lui la main tendue, « *Enchanté de faire votre connaissance, monsieur Ali* », l'entourèrent de toutes parts tel un conseil d'administration désireux de s'attacher les services d'un golden boy hors pair, « *Ravi de vous voir, monsieur Ali* », c'était à qui lui tapoterait le dos avec le plus d'affection, « *Avez-vous fait bon voyage, monsieur Ali ?* » Un musulman de fraîche date qui verrouillait son attaché-case du côté de la réception voulut se joindre au groupe. S'il avait trouvé la foi sur le tard, la vraie foi, et connaissait par cœur le Coran dans l'innommable traduction de Chouraqui, il espérait avec la grâce d'Allah ramasser quelques morceaux de galette en ce bas monde.

– Présentez-moi.

Peut-être cet homme qu'on entraînait avec tant d'égards vers le bureau directorial était-il un prince déguisé en prolo ? Peut-être l'aiderait-il par son entregent à construire une mosquée-cathédrale au Sahara occidental ? Il y en avait bien une, face aux flots de l'océan Atlantique. Alors pourquoi pas sur du sable ? Le prophète Mahomet n'avait-il pas eu la Révélation en plein désert ?

– Auriez-vous l'obligeance de me présenter ?

On eut l'obligeance de fermer la porte capitonnée du sacro-saint au nez de l'intrus.

– Par ici, monsieur Ali. Donnez-vous la peine de vous asseoir.

L'inspecteur Ali se la donna sans barguigner. Il se laissa materner, paterner, amicaliser, offrir un havane. Ce fut le directeur qui le lui alluma, puis qui prit la parole :

– Notre cher président Mohammed nous a envoyé un fax à votre sujet. Les amis de nos amis sont les nôtres. À propos, comment va-t-il ? Il y a longtemps que je ne l'ai vu. Toujours aussi alerte ?

– Peut-être bien, répondit l'inspecteur dans un nuage de fumée. Avant-hier, j'ai pris avec lui un petit déjeuner succulent dans son salon du XIVe siècle. C'est une bonne fourchette.

– Il vous a invité dans son domaine réservé ?

– Ben oui.

– C'est un honneur, dites-moi.

– Un honneur ? s'étonna Ali. Pour lui ? Je n'ai pas la tête si enflée que ça.

Gêné sans doute par l'odeur de tabac, quelqu'un émit une toux de coq réveillé en sursaut. Quelqu'un d'autre mit en marche un purificateur d'air, le régla sur la position 2, puis sur 3, après avoir évalué d'un coup d'œil la longueur du cigare (cet individu était capable de le fumer jusqu'au trognon), et tenta une diversion pour détendre l'atmosphère.

– Vous êtes venu en avion ? demanda-t-il.

– Non, répondit l'inspecteur. En taxi. L'un d'entre vous serait bien avisé d'aller régler ma course, je n'ai pas l'ombre d'un dirham, voyez-vous ? (Il sourit d'une oreille à l'autre.) Le chauffeur attend depuis tantôt une demi-heure, quelque part sur le parking. Il a le crâne ras, une bouille de montagnard, vous le reconnaîtrez facilement. Ah ! ce qu'on a pu rire tous les deux de Casablanca à Marrakech ! Et ce qu'il a tracé, le gars ! C'est une Mercedes qui date d'une trentaine d'années, garée parmi les grosses cylindrées flambant neuves, vous ne pouvez pas vous tromper.

Un petit mouchoir en soie grège tamponna de fines gouttelettes de sueur sur un front d'intellectuel. La main qui le remit en tulipe épanouie dans la pochette du veston était ornée à l'auriculaire d'une grosse chevalière avec les lettres L et M entrelacées. La cendre du cigare tomba d'une chiquenaude dans le cendrier sur pied. Quelques menus flocons encore rouges churent sur le tapis et une basket de belle pointure se posa dessus aussitôt : c'était un très beau tapis berbère. Un index, un majeur et un pouce aux ongles manucurés se réunirent pour se saisir d'un stylo en ivoire, tracèrent quelques mots sur un bloc-notes, tandis qu'un pied chaussé de lézard pressait un timbre sous la table. La porte s'ouvrit sans bruit, se referma tout aussi silencieusement. Entra une jeune femme, pimpante dans son tailleur d'après-midi couleur feuille morte. Du Saint Laurent peut-être bien – à moins que ce ne fût du Marks & Spencer, noblesse britannique oblige. Ses dents étaient d'un blanc de lait, ses cheveux blondis par mèches disparates, son décolleté très sobre. Elle fit une trentaine de pas, s'arrêta près du bureau, sans y toucher toutefois. Le directeur détacha la feuille du bloc, la tendit à son premier sous-directeur qui y apposa son paraphe et la remit au deuxième adjoint qui la signa… et ainsi de suite jusqu'au sixième qui dit d'une voix diplomatique :

– Faites le nécessaire, mademoiselle Naïma.

– Par la vue et l'obéissance, monsieur, répondit Mlle Naïma. Ce sera réglé dans un instant.

Et elle vira sur ses talons, de jolis escarpins argentés, des chevilles fines et creuses à souhait. « Hélas ! se dit Ali. Popotin maigrichon pas folichon. Mon gentleman ne se lèvera pas devant elle. » Sur ce, un léger bourdonnement se fit entendre. Le directeur fit glisser un tiroir, y prit un téléphone sans fil, écouta un instant puis fit passer l'appareil à Ali.

– Pour vous, inspecteur, dit-il. Ministère de l'Intérieur.

– Ça commence bien, s'écria l'inspecteur. Toujours travailla, jamais reposa. Qu'est-ce qu'il me veut, ce type ?

– Nous allons nous retirer, proposa un proche collaborateur.

– N'en faites rien, je vous prie. Vous ne me gênez nullement. Vous êtes ici chez vous.

– C'est une ligne directe, fit remarquer un autre adjoint tout aussi proche.

– Je pense bien, dit l'inspecteur Ali. J'ai donné mes instructions pour qu'on m'appelle sur cette ligne-là… Allô ? Oui, c'est moi… Je vous écoute…

Et il écouta sans dire un mot, hormis quelques onomatopées du genre : « Pfff ! Pouttt ! Zouk ! Hzzz ! » Le « haut fonctionnaire du ministère de l'Intérieur » lui apprit que la femme jockey était toujours confiante pour le tiercé, mais que l'épreuve de handicap risquait probablement d'être divisée. Sophia la pouliche donnait des signes d'énervement, voire de dépression. On pouvait s'occuper d'elle deux ou trois jours encore, guère plus. Flous le challenger était égal à lui-même, cependant ses oreilles commençaient à remuer chaque fois qu'il passait près du box, là où se tenait sur le qui-vive la femme jockey. Quant à Kaddour le favori, ce n'était qu'un toquard. Voilà-t-il pas qu'il a essayé de se sauver pour aller brouter dans le bled ? Brouter quoi ? Le chaume était calciné en ce mois de juillet. Et puis, chef, deux outsiders se sont pointés sans crier gare, avec des yeux de chiens de garde. Je fais quoi, chef ?

– Trente secondes, dit l'inspecteur Ali. Ne quittez pas.

Durant ces trente secondes, il réfléchit dans toutes les directions possibles, tout en tirant les dernières bouffées de son cigare. Le message était clair, bien qu'un peu farfelu. Mais son enquêteur privé, celui qui était déguisé en vieille dame respectable, n'avait rien d'un amateur. S'il s'était permis de lui téléphoner, c'est qu'il sentait un danger tout proche. Le banquier s'était finalement rendu compte qu'il y avait anguille sous roche. Il avait fait appel à deux vigiles. Il voulait soustraire le portier Kaddour au bon déroulement de la justice, diable de diable !

– Voici les ordres, dit-il à son correspondant. Pour les deux suspects, prévenez la brigade criminelle. La mienne, s'entend, celle dont vous faites partie. Quant au témoin principal, vous allez vous occuper de lui personnellement. Mettez-le en examen. Vous trouverez chez moi un mandat d'amener signé d'avance. À plus tard. Et n'oubliez pas de saluer le ministre en mon nom.

Il raccrocha, l'air grave. Le temps d'écraser son mégot à petit coups dans le cendrier et son visage était devenu sinistré, catastrophique. Il laissa tomber d'une voix faible :

– Aillaiallaille ! Ouillouille ! Étron !

Huit paires d'yeux assistaient à sa désolation, essayaient de comprendre dans le silence de mosquée qui s'était installé soudain. Mlle Naïma était revenue sur la pointe des pieds. Elle était là, assise sur l'extrême bord d'une chaise, buste droit et regard droit, un calepin sur ses genoux, un crayon levé tout près de sa bouche tel un micro ou un *z*... Bon, ce n'était pas le moment de batifoler avec les mots. Elle avait enfilé des bas durant sa brève absence, des bas noirs. Peut-être pour affronter le prolétarisme de la rue ? Peut-être aussi parce que ses jambes n'allaient pas tarder à se repoiler ? C'est ce que l'inspecteur Ali se demanda en se composant une mine d'enterrement. Et la question qu'il attendait depuis le début, quelqu'un finit par la poser.

– Hmmm ! Veuillez m'excuser, monsieur l'Inspecteur. Hmmm ! Est-ce que votre enquête concernerait un tant soit peu, hmmm ! la Mamounia ?

Ali faillit lui répondre à brûle-pourpoint que, s'il était descendu dans cet hôtel pour milliardaires, c'était uniquement pour se payer des vacances de prince aux frais de la princesse et que l'enquête en question n'avait rien à voir là-dedans, ni de près ni de loin, pas même en littérature de gare. Oui, comme ça, l'exacte vérité, rien que pour se faire éjecter illico presto comme le commun des Arabes et, du même coup, dégonfler tout le système social. Au lieu de cela, il choisit ses mots avec soin, des mots aussi pointus que des clous. Et il les enfonça posément dans le crâne de ses auditeurs.

– « Un tant soit peu », dites-vous ? C'est un euphémisme, une litote. M'est avis que votre vénérable établissement pourrait trembler sur ses bases. (Il leva une main apaisante.) Ne vous effrayez pas. Tout se passera dans la discrétion de la vaseline. Je suis comme qui dirait un orfèvre en la matière, au service exclusif de notre maître à tous. Lui-même, qu'Allah le garde ! Vous comprendrez aisément que je ne puis entrer dans les détails, ni même soulever quelques voiles de l'affaire d'État dont j'ai été chargé en très haut lieu. Aussi vous demanderai-je un mutisme de tombeau. S'il y a des fuites, je saurai d'où ça vient. Je ne menace personne, mais je ferai mon devoir, implacablement. Je vais vous tracer les grandes lignes de l'enquête qui m'occupe jour et nuit. Prêtez-moi votre attention deux ou trois minutes…

Il les tint en haleine un quart d'heure durant. L'imagination à bride abattue et le culot aidant, il se lança dans un roman emberlificoté à la Jacqueline Monsigny, *Floris quelque chose* peut-être bien, dont il avait lu quelques épisodes dans *Le Dauphiné libéré*. (Les numéros de ce quotidien avaient été saisis à la douane chérifienne, au motif d'outrage à la mémoire du tsar Pierre le Grand.) Il transposa ce feuilleton dans les temps modernes, le maria de force à un polar de John Le Carré avec deux témoins qui n'en pouvaient mais : un conte des *Mille et une Nuits* et un dénommé Fafka ou Kaka. Le tout revu et corrigé à l'emporte-pièce, mijoté avec autant de soin qu'un tagine de pieds de mouton au blé dur, coriandre, cumin, ail rose, safran en cheveux, une bonne cuillerée d'huile d'argane. Il en avait l'eau à la bouche. Ce fut bien simple, net et direct : il s'appesantit sur les broutilles, fit vaguement allusion au chômage technique de quelques agents du K.G.B., arabisants de surcroît, évoqua le départ de Marchais Georges, prit en vol l'avion de Washington où comme vous le savez Arafat et Rabin avaient échangé une poignée de main historique mais ça cachait bien des choses, l'Islam en particulier, fit une petite halte au palais Brongniart où des spéculateurs de tout poil sans foi ni loi avaient fait éclater récemment le serpent monétaire européen, ce qui avait précipité le dirham vers son plus bas niveau, vous me suivez ? L'affaire était planétaire, incommensurable et cetera et vas-y donc ! Bref, son discours fut digne d'un chef d'État : s'il parla d'abondance, il ne dit strictement rien. Zéro, du vent. Et, étrangement, parce qu'il n'avait rien dit, l'audimat explosa quelque part.

Il baissa la voix pour conclure :

– D'après mes informations, il se serait glissé parmi vos honorables clients quelqu'un de pas très catholique, bien que vous ayez à votre disposition le fichier de la Sûreté nationale. On n'entre pas ici comme dans un hôtel quatre étoiles. Attendez ! (Il leva la main pour écarter d'éventuelles objections.) Attendez ! Vous remarquerez que j'ai employé le conditionnel : « Il se *serait* risqué » au lieu de « Il s'est risqué ». Il y a une énorme différence. Soit dit en passant, j'ai remarqué tout à l'heure dans le hall la présence de deux ou trois hommes d'affaires qui m'ont tout l'air d'être des officiers des Renseignements généraux. Mais cette affaire, si affaire il y a, relève directement du Palais. Ce n'est certes pas moi qui vais les mettre au parfum. Ni vous non plus, je pense.

– Non-non, protestèrent plusieurs voix.

– Parfait. Donc, l'alternative est simple : ou bien mon tuyau est crevé et le mauvais rêve sera vite dissipé ; ou bien il se révèle fondé et, dans ce cas, je rendrais le type en question plus catholique que le pape, jusqu'à ce qu'il rende l'âme par le trou-duc… Oh ! mille pardons, mademoiselle Naïma. Il eût fallu que je susse que vous fussiez revenue pour que je surveillasse mon langage. En résumé, de quelque côté que se présente la situation, pile ou face, je veillerai personnellement au renom international de la Mamounia. C'est l'un des objectifs de ma mission.

« Bon Dieu, ils ne vont pas avaler ça ? » se demanda l'inspecteur Ali aux aguets. Ils avalèrent ça. Ils se levèrent et le congratulèrent. « Je comprends maintenant pourquoi il y a tant de cerveaux de la taille d'un pois chiche et du même quotient intellectuel qui dirigent notre pauvre monde. Je prendrais bien la place de Boris Eltsine. »

Le directeur dit en matière de conclusion :

– Mlle Naïma va s'occuper de votre installation. Elle vous donnera toute satisfaction.

– Ah oui ? s'exclama Ali, joyeux.

Il la suivit dans un petit bureau attenant, une sorte de boudoir aux murs tendus de soie. Les fauteuils étaient en cuir blanc. Une table en verre et fer forgé. Un téléphone bleu pervenche posé dessus, tout près d'un bouquet de roses rouges.

– Putasse ! c'est votre burlingue, ça ?

– Mon bureau, oui, répondit-elle.

– Si vous voyiez l'antre où je gagne mon couscous à la sueur de mes circonvolutions cérébrales !

– J'imagine, dit-elle en souriant.

– Des planches sur deux tréteaux, une vieille machine à écrire qui pèse dans les dix kilos, un suspect ligoté dans un coin, ma matraque tout ensanglantée accrochée à un clou (elle émit un petit rire, vite étouffé) et des mégots un peu partout.

Il tourna autour d'un fauteuil, l'examina de haut en bas.

– Dites voir, miss : vous craignez pas que je dégueulasse ce machin-là en m'asseyant dessus avec mon jean tout crasseux ? Vous auriez pas un tabouret par hasard ?

Elle éclata franchement de rire. Ce fut soudain et frais, frais comme une source de montagne. « Tiens donc ! se dit l'inspecteur. Loin des patrons près de la nature ? Et loin des allées du pouvoir près du peuple ? Bigre de bigre ! » Pendant une fraction de seconde, il fut sur le point de lui ôter son collant à la hussarde, le reste aussi, histoire de vérifier le bien-fondé de sa théorie. Il lui calerait un coussin par en dessous afin de suppléer à la maigreur des fesses, et l'illusion serait parfaite. Mais à cet instant-là il ressentit un pincement au cœur au souvenir de Sophia. Depuis qu'il avait fait sa connaissance, son cœur était devenu monogame, si l'héritage de son père s'entêtait à camper sur des positions réactionnaires et à se répandre n'importe où. Partagé entre l'instinct et l'idéal, il opta pour le système des touches diplomatiques qui avait fait ses preuves.

– Vous vous décidez ?

– À quoi donc ? demanda-t-elle, le visage fermé. (Elle avait chaussé une paire de lunettes top model, ce qui avait pour curieux effet de lui retrousser le nez.)

– À me donner le pavillon des orangers, au fond du parc.

– Nous regrettons sincèrement, inspecteur.

– Qui ça, nous ?

– La direction. Il est occupé pour toute la semaine par un ministre français et son épouse. Ce sont de vieux habitués.

– Et le pavillon des fleurs ?

– Non plus. Il a été réservé comme tous les ans par le directeur d'un grand hebdomadaire parisien. C'est un ami de Sa Majesté.

– J'ai potassé son dossier, dit Ali. Passons à droite dans ce cas. Et la suite 111 ?

– Vous n'avez pas de chance, inspecteur. Nous y logeons présentement un animateur vedette de la télévision française.

– Un autre pote ?

– Probablement.

– Je crois deviner de qui il s'agit. Il a pas mal de procédures judiciaires sur les bras. À ce que je constate, l'ancienne puissance tutélaire est soignée aux petits oignons chez nous, alors qu'elle dore la pilule à nos frères émigrés sur son sol sans droit de sol. Très bien ! Parfait dans le meilleur des mondes de Huxley Aldous ! Or, moi qui ne suis recommandé que par le principal actionnaire de cet hôtel – un Arabe comme vous et moi, il est vrai – où allez-vous me loger ? Dans votre lit ?

Si elle rougit, elle pouffa aussi. « C'est dans la poche », se dit-il.

– Vous comptez rester combien de jours parmi nous, monsieur Ali ? Grosso modo, s'entend ?

– Puisqu'on est venu aux questions indiscrètes, puis-je vous demander si vous pondez des œufs ? Grosso modo, s'entend ?

L'inspecteur ne sut jamais comment elle allait réagir, parce que le téléphone s'était mis à vibrer à ce moment-là. Elle décrocha. Ses doigts étaient fuselés, chargés de fines bagues, ses ongles acérés. Elle écouta, dit avec les intonations musicales d'une hôtesse d'aérogare :

– La Mamounia bonjour. Oui. Oui, il est à mes côtés. Je vous le passe… Pour vous, inspecteur. Un appel de Paris.

– Nom d'Allah ! s'exclama-t-il. Voilà que ça recommence. Toujours travailla, jamais reposa… Oui ? Oui, c'est moi.

À l'autre bout du fil, une voix chaleureuse et comme enjouée prononça un prénom chrétien :

– Henry.

– Avec un i ou un y ? s'enquit Ali avec affabilité. Faut savoir !

– Y. Henry.

– Bien le bonjour ! Henry qui ?

– Le directeur littéraire. J'ai dû mobiliser tout le service de presse pour te dénicher. Qu'est-ce que tu fais à Marrakech ?

– Je n'en sais strictement rien, avoua Ali en toute sincérité.

– Tu plaisantes ?

– Pas le moins du monde. Je me laisse porter par les événements. Il fait grand soleil et l'hôtel est magnifique. La Mamounia, ça s'appelle. En face de moi, il y a une charmante nana. Un peu timide peut-être, mais le dégel sera d'autant plus appréciable. Oui, mademoiselle Naïma ? Je ne vous ai pas froissée, j'espère ? Excuse-moi, Henry, pour cette interruption inopinée. Pour tout te dire, nous n'étions qu'elle et moi en petit comité, à régler une affaire de chambre. Et voilà que tu m'appelles. « Diable-diable ! disait Victor Hugo en se grattant la tête. Nous étions deux, cela va faire trois. » Non, c'est pas ça. Quel est le vers exact, Henry ?

Il y eut une pause. Puis Henry reprit de sa voix toujours chaleureuse, mais dont tout enjouement avait disparu :

– La composition va s'effectuer en catastrophe, le bouquin doit sortir en librairie en novembre et nous sommes le 2 octobre. Le manuscrit est là, sur mon bureau. Mais il manque le dernier chapitre. Où est-il ? Et qu'en est-il ?

– Je n'en sais strictement rien, répéta l'inspecteur Ali. Je ne sais pas écrire. Adresse-toi plutôt à l'auteur. Parce que voilà l'histoire : il s'est sauvé de moi. Paraît que je lui donnais le fou rire et la migraine à tout instant. Il m'a dit en partant : « *Dabbar rasek !* » En marocain de chez nous. Ce qui signifie en français « Débrouille-toi ! ». À part ça, tu vas bien, Henry ?

– Trouve-le-moi, répliqua Henry. Tu es inspecteur de police, que je sache. Trouve-moi ce zigoto et dis-lui de me téléphoner de toute urgence.

Il raccrocha. Ali aussi. Il dit comme pour lui-même :

– Un discours présidentiel sur lequel un nègre de l'Élysée s'est cassé les dents. Paraît même qu'il a pris la poudre d'escampette. Forcément, avec le carnage qui vient d'avoir lieu à Moscou. Que va dire ce vieux Mitterrand à la télé, puisque le dernier feuillet de son allocution est encore dans le stylo ? Dans les cas tordus de ce genre, à qui fait-on appel en catastrophe ? À moi, bien sûr. Mais je ne suis pas *francès*, moi. Il y a longtemps que je suis indépendant comme tous mes compatriotes. Et puis, je n'en ai rien à foutre de leur gauche-demi-droite-droite toute et navigation à vue au gré de l'actualité. Je ne suis pas « culte », moi, mais inculte dans les choses de l'*insectualité*. J'espère bien d'ailleurs que leur ministre des Finances ne va pas me relancer jusqu'ici pour me refiler ses actions B.N.P. Ça ne vaut pas un clou. Il m'a déjà inondé de pub. Il n'arrête pas de piquer du fric dans la poche des pauvres pour le mettre dans celle des riches. Comme chez nous, quoi ! Oui, mademoiselle Naïma ? Vous avez trouvé l'inspiration pour ma piaule ?

– Oui, monsieur Ali, répondit-elle. Une chambre de toute beauté. Vous m'en direz des nouvelles. Voudriez-vous la visiter ?

– Pas tout de suite, dit Ali. Faut que j'aille casser la croûte.

– Effectivement, approuva Naïma. Vous avez fait un long chemin en taxi.

– Ben, on s'est arrêté par-ci par-là dans des gargotes de campagne, moi et le chauffeur, le temps de déguster deux ou trois douzaines de brochettes de foie de bœuf chacun. Et du pain d'orge, bien sûr. C'était délicieux, pas cher du tout, mais insuffisant. Le métier que je fais, ça creuse.

– Effectivement, répéta-t-elle. Pendant que vous vous sustenterez au restaurant, puis-je faire monter vos bagages dans votre chambre ? Où les avez-vous entreposés, inspecteur ?

– Nulle part, rétorqua-t-il avec un large sourire. J'ai pas de bagages, pas même une brosse à dents. Mais j'ai ouï dire que dans cette baraque on fournit tout au client, slips de rechange inclus ? Hey ?

Si elle fut désarçonnée, elle n'en laissa rien transparaître. En tout cas, elle se rattrapa bien vite. Elle lui rendit son sourire.

– Effectivement, dit-elle pour la troisième fois. La direction ne ménage pas son hospitalité. Vous aurez toute satisfaction, monsieur Ali.

Elle se leva. Lui non : il était resté debout durant cet entretien. Les yeux rêveurs, il posa une petite question :

– Puis-je vous demander quelque chose, mademoiselle Naïma ? Voilà : dans les hautes sphères où j'ai évolué malgré moi ces jours-ci (banques, ministères, hôtels de luxe comme celui-ci), j'ai remarqué qu'un adverbe est employé à tout bout de champ : « effectivement ». Ça veut dire quoi, ce truc ? « Effectivement » ? D'où il sort, ce suspect ?

Elle éclata de rire. Ce fut divin.

– Autre chose, mademoiselle Naïma. Savez-vous ce qu'est une « gargamelle » ? Hey ?

Elle essuyait les verres de ses lunettes à l'aide d'un tout petit mouchoir, tamponnait le coin de ses paupières.

– Non, finit-elle par dire. Je ne vois pas.

– « Gargamelle » signifie gorge en français dans le dictionnaire, expliqua l'inspecteur Ali. Une belle gargamelle de pigeon, par exemple. Ou la vôtre, bien plus belle encore. Et double, de surcroît.

Et, sans transition aucune, il se mit à déclamer un poème :

– Mon âme a son secret, ma vie a son mystère :
Un amour éternel en un moment conçu ;
Le mal est sans espoir, aussi j'ai dû le taire
Et celle qui l'a fait n'en a jamais rien su.

Arvers Félix, conclut-il. Un grand poète. Vous connaissez ?

– Taisez-vous, protesta-t-elle. Vous me troublez.

– Ah oui ? Et Amr ibn Qaïs, un poète arabe du VIIe siècle, vous connaissez aussi ? Écoutez voir :

Je nous ai vus toi et moi ensemble,
Je nous ai entendus toi et moi ensemble,
À l'instant même où nous nous sommes rencontrés.
Ta prunelle de nuit était grande ouverte
Où pénétrait ardent mon regard du jour.
Et sur la même trace de nos pas,
Là où le désert nous avait réunis,
Nos pieds étaient joints, titubant
Sur nos corps debout et joints.

Un poète retourné à l'état de poussière et d'oubli, expliqua-t-il. Qu'en dites-vous, mademoiselle Naïma ?

– Vous me troublez, répéta-t-elle.

– Oui ?

– Oui.

Baigné d'une émotion subite, il la serra dans ses bras. Il l'embrassa à pleines lèvres, avec tout le romantisme qui l'habitait depuis l'adolescence. Un bref instant, il fut tenté, très tenté. Mais il ne passa pas à l'acte. Quand il la relâcha, il avait presque les larmes aux yeux. Le monde était dur et la poésie n'y revenait que fort rarement, par bribes, comme pour le narguer. Il s'éloigna lentement de Naïma. Il la regarda en plein visage. Elle dit :

– Je présume que vous agissez ainsi avec toutes les femmes que vous rencontrez ?

– Xactement, répondit-il. Et pas xactement aussi. Il y a des fois où je suis coupé en deux.

Et il se tut. À quoi bon lui expliquer que, s'il venait de l'embrasser, c'était pour affirmer sa personnalité en tant qu'homme, et qu'il était bien autre chose qu'un insigne de police capable de lui ouvrir toutes les portes, y compris celle de la Mamounia ? Et puis zut de zut ! il était amoureux de Sophia, aussi sûr que deux et deux font… font combien au juste ?

Le repas se déroula normalement. À deux exceptions près : l'inspecteur Ali et le restaurant où il était attablé, le plus huppé de la Mamounia, petit, intime, réservé au gotha international. De petits détails sans importance qui avaient le poids de la différence et le choc de l'incompréhension. Et peut-être en d'autres circonstances aurait-il déjeuné en paix, tel un nabab.

Il avait fait une brève apparition dans le restaurant caïdal et il s'était sauvé bien vite. Une pléthore de hauts fonctionnaires étrangers venus somptuairement resserrer les liens indéfectibles de la coopération entre le Nord et le Sud, les pays développés et ceux qui étaient en voie de l'être – des Français, des Yankees, des Grecs de la flotte marchande, des British, des Allemands et des *etcetera.* Leur Betacam sur l'épaule, des cadreurs allaient de groupe en groupe, filmaient ces vieux habitués qui revenaient festoyer presque tous les ans : peut-être n'avaient-ils rien à bouffer chez eux avec ce marasme économique ; peut-être aussi n'avaient-ils jamais entendu parler de leurs propres chômeurs à aider – va savoir ! Ali connaissait la plupart d'entre eux, pour avoir potassé leurs dossiers au fichier central. Si la presse nationale avait été libre et au-dessus de tout soupçon, il l'aurait volontiers nourrie d'anecdotes de derrière les barreaux. Mais on n'était pas en Italie, ma parole d'horreur !

Ici, dans ce douillet restaurant nec plus ultra, rien d'ostentatoire : cinq ou six clients et une armée de serveurs et autres maîtres d'hôtel en livrée d'apparat. Une trentaine, pas plus. S'ils furent surpris de le voir, ils se montrèrent ravis de l'accueillir. La direction avait sans doute fait passer la consigne.

– Par ici, Monsieur, lui dit une sorte de chambellan. Si vous voulez bien me suivre.

Ali voulut bien, en traînant les pieds. Il imita à la perfection la voix de Giscard d'Estaing pour demander du bout des lèvres :

– Où sont les caméras ?

Une queue de pie à la boutonnière fleurie tira une chaise sur une distance de quarante-deux centimètres, l'aida à s'asseoir. Il répondit, les narines pincées :

– Dans l'autre restaurant, Monsieur.

– Je sais, dit l'inspecteur. J'en viens. Et ici, il n'y en a pas ?

– Nous n'autorisons leur présence céans que lorsque des princes nous honorent de leur présence, Monsieur.

Ali désigna du pouce quatre convives en tchamir et kéfieh.

– Et ceux-là ? c'est pas des princes ?

L'homme faillit s'étrangler d'indignation.

– Ça ? Non, Monsieur. Des Koweitiens.

– Ha ! fit Ali. Haha ! Vous m'avez l'air d'un brave type. Apportez-moi donc à manger.

– Le menu *up to date*, Monsieur ?

– C'est pas américain, j'espère ?

– Oh non, Monsieur. C'est ce qui se fait de mieux. Le dernier cri.

– Allons-y pour le dernier cri.

– Je me permets de vous signaler, Monsieur, que l'entrée nécessite une élaboration d'une dizaine de minutes. Désirez-vous quelque chose en attendant ?

– Oui, répondit Ali. Le *Financial Times*. Et un cendrier.

Il entreprit de faire trois choses à la fois : confectionner l'une de ses innommables cigarettes (il refusa poliment la tige de 10 que lui offrait une Mae West plus vraie que nature), tourner les pages du journal et examiner l'écosystème environnant. Les émirs du naphte avaient liquidé leur pastis servi à leur demande dans des tasses à thé et ils s'apprêtaient à attaquer du whisky importé d'Espagne, une bouteille posée devant chacun d'eux. À main gauche, une douairière vêtue et chapeautée de rose coupait en deux des grains de riz dans son assiette, à l'aide d'une fourchette et d'un couteau en argent, formait de toutes petites boulettes, mangeait, la bouche fermée. Elle se mit soudain à renifler. Et pourquoi donc ? Elle n'aimait pas l'odeur du tabac marocain ?

L'inspecteur Ali fumait béatement, lisait en diagonale le *Financial Times*. Une rubrique attira son attention. Il fit claquer son pouce contre le majeur.

– Oui, Monsieur ? s'empressa un serveur à l'uniforme indéterminé.

– Appelez de ma part le chef d'escale de la British Airways à Rabat. Et apportez le téléphone ici.

– Tout de suite, Monsieur.

« Tout de suite » n'excéda guère quarante-cinq secondes, la montre d'Ali faisant foi. Mentalement, il évoqua certaines cabines téléphoniques de banlieue avec lesquelles il fallait composer des heures durant, avant d'obtenir une communication urbaine. On finissait par les démolir à coups de poing. Surtout pour les pièces de monnaie qu'elles avaient avalées. L'inspecteur sourit, porta l'écouteur à son oreille. Il dit :

– *Hello ? Very well and you ?* Dites donc : qu'est-ce que j'apprends dans un quotidien de chez vous, en anglais dans le texte ? Paraît que votre compagnie refuse depuis deux ans de transporter le dénommé Salman Rushdie. Ce n'est pas de bonne politique, avec le marasme économique et les licenciements qui s'annoncent, ma parole d'honneur ! À votre place, mon cher, je téléphonerais immédiatement à votre conseil d'administration. Je conseillerais à vos huiles d'adopter une attitude inverse à l'égard de ce type. Un de ces jours il va monter dans un appareil de la British Airways, pour se rendre à Edimbourg par exemple, et hop ! cap droit sur Téhéran. On livre le satanique et on empoche les six millions de dollars promis par les ayatollahs. C'est pas une bonne idée ?

Il raccrocha, content de lui. Il fuma de plus belle. Il se souleva sur une fesse, lâcha un pet sonore. Pourquoi la duchesse en rose s'en offusqua-t-elle ? Il y avait des vents arrière qui étaient silencieux et d'autant plus puants. Civilisés en quelque sorte. On avait placé sur la table de la mémère une bougie allumée, rose elle aussi, mais ça ne suffisait pas. Du plat de la main, elle essayait de dissiper les volutes de fumée. Au bruit arabe qui venait de se manifester, elle dirigea vers l'inspecteur un regard d'un bleu sec, détourna la face et dit :

– Malotru !

Comme elle avait l'accent britannique, il comprit : « mal au trou ! »

– Oh ! s'exclama-t-il, apitoyé. La pauvre ! Les hémorroïdes peut-être ?

Et, moitié dans la langue d'Agatha Christie moitié en gestes suggestifs, il se mit en devoir de lui communiquer la recette d'une décoction à base de racines du Souss, de thym sauvage, d'écorce de chêne et de caroube. Bien sûr, on pouvait en boire une demi-pinte pour prévenir les refroidissements ; mais c'était plutôt recommandé en lavements, avec une canule. *What ?* demandait la dame digne dans son indignation. *Xactly*, répondait-il.

Ce fut le maître d'hôtel qui sauva la situation. Il était assisté de quelques sous-maîtres. L'un d'eux s'efforçait de ne pas donner libre cours à sa gaieté : il n'avait pas tout à fait terminé son stage. Les autres se contenaient beaucoup mieux : ils étaient d'un rang plus élevé. On déposa devant l'inspecteur Ali un plat de belle dimension. Cérémonieusement on souleva la cloche en argent qui lui servait de couvercle.

– À vous l'honneur, Monsieur. Bon appétit.

Ali avait déjà noué sa serviette autour de son cou. Il la dénoua.

– C'est quoi, ça ? demanda-t-il, les yeux ronds.

– L'entrée, Monsieur. Des escargots sur canapé.

– Vous me la baillez belle. Des escargots, ces quatre ou cinq riquiquis qui se courent après au milieu de l'assiette ? Et le canapé, où est-ce qu'il est ? Peut-être qu'ils l'ont bouffé tellement ils avaient faim ?

Un rire fusa, puis un autre, un autre encore. L'instant d'après, c'était l'hilarité générale. Ah ! que c'était bon de vivre au pays ! Même la vieille lady souriait à présent. Sans comprendre. Un serveur envoya un coup de coude à son voisin. Le maître d'hôtel s'était plié en deux. Il se déplia. Entre deux hoquets il essaya d'expliquer, les larmes aux yeux, que c'était le *up to date*, hihi, arf-arf !… Ô mon Dieu… la nouvelle cuisine… hahahaha ! ah putain !… lui-même n'avait jamais bouffé de ce beurk… Oullala, j'en peux plus… On dut l'asseoir, lui tapoter le dos.

– Tu ne vas pas mourir tout de suite ? demandait Ali. Tu connais la dernière ? Écoute bien : tu remportes ces limaçons anémiés et tu m'amènes du *out of date*, du *khli*, par exemple, cette bonne vieille viande séchée au soleil puis mijotée avec un tas d'épices. En grande quantité, hey ? Pour cinq personnes, je vous invite tous les quatre.

Ils se régalèrent. Ils retrouvèrent leur origine et leur nature, rien qu'à la vue de la dame chapeautée de rose en train de peler une pêche avec une fourchette et un couteau, « civilisationnement ». Au cours du repas, l'inspecteur Ali les fit bavarder à bâtons rompus, à propos de tout et de rien, sauf de la Mamounia. Et il récolta ainsi une abondante moisson sur la vie et les dessous de l'hôtel. C'était sa tactique de singe : lancer l'hameçon loin de l'appât, et cet idiot de poisson venait s'y ferrer. Il était en train de se lécher les doigts quand il se produisit un bruitage caractéristique : un Koweitien vomissait au beau milieu de la table princière, la valeur de 386 dollars U.S. selon la carte des apéritifs et spiritueux, taxes et service non compris. Des serveurs s'étaient précipités, repliaient la nappe brodée de soie et de fils d'or. Ali alla leur prêter aide et assistance. Il se pencha sur l'émir, lui récita un quatrain d'Abou Nouass :

Évite-moi tes reproches : les reproches risqueraient de faire empirer mon état.

Guéris-moi plutôt par ce qui fut la cause de mon mal :

Une coupe de vin servie par une jeune fille habillée en éphèbe :

Elle aurait ainsi en moi deux amants : un homme et un homo[1].

Ce faisant, il lui massait l'épigastre afin de le soulager de ses crampes – et le soulager de son portefeuille par la même occasion, un sac-banane dont il était ceint sous son tchamir, au niveau des parties. Il savait ce qu'il faisait. Il le savait depuis ce matin. L'occasion qu'il attendait venait de se produire et il l'avait saisie par le poil.

Il fut comme ébloui en ouvrant la porte de sa chambre. Il ferma les yeux, invoqua mentalement les mânes de son poète favori.

« *Luxe, calme et volupté*. Dis donc, Verlaine Paul[2] : t'as pas pu séjourner à la Mamounia, c'est pas vrai. Ce palace est tout récent et tu es mort en 1896, d'une balle tirée à bout portant par Rimbaud. T'avais qu'à pas te mettre avec cette tantinette : c'était pas le bon trou. Mais comment t'as donc fait pour parler de calme, de luxe et de volupté ?

1. La traduction n'est pas fameuse. L'original est beaucoup plus juteux, donc poétique. *(N.d.A.)*

2. Les lecteurs auront rectifié d'eux-mêmes : c'est du Baudelaire. Il arrive souvent à l'inspecteur Ali de raconter n'importe quoi. *(N.d.A.)*.

T'étais drôlement en avance sur ton époque, ma parole d'horreur ! T'aurais pu ajouter un autre vers : *Lumière, enchantement, beauté*. Ça rime, qui plus est. »

Il rouvrit les yeux. Il était sur le point de se déchausser quand il remarqua quelque chose qui détonnait en ces lieux poétiques : un grand rectangle de papier kraft placé debout sur la table de chevet en bois précieux. Même du seuil, à une distance d'une dizaine de mètres, il reconnut son nom écrit en lettres capitales : « M. l'inspecteur ALI. » Il entra comme dans un foundouk, prit l'enveloppe brune, la soupesa, la décacheta. Il en vida le contenu sur le lit.

– Seigneur Dieu ! s'exclama-t-il.

Jamais il n'avait vu autant d'argent de sa vie. Il le compta posément : cinquante mille dirhams. Il le recompta à l'envers, tel un guichetier de banque : cinquante mille tout ronds. Il répartit les liasses dans les poches de son jean. Il roula trois cigarettes, les fuma très lentement l'une après l'autre. À la dernière bouffée, il sut ce qu'il avait à faire. Il se leva et sortit. Il avait envie de faire l'amour après des cogitations aussi intenses.

À la caisse centrale de l'hôtel, il fit changer les cinq cents billets de cent dirhams contre cinq cents autres de la même valeur, mais plus âgés. Après mûres réflexions, il demanda qu'on convertît le tout en petites coupures, presque aussi prolétaires que lui. Cela prit un certain temps parce qu'on dut ouvrir le coffre et qu'on envoya quelqu'un s'approvisionner à l'autre caisse, un corridor plus loin. Mais Ali avait tout son temps, en long et en large. Comme le paquet de fric était devenu volumineux, il en fit la remarque à l'employé. Il dit :

– Vous n'auriez pas par hasard une sacoche pour transporter cette fortune ? Il y a des chômeurs et des miséreux en pagaïe, savez-vous. Quelque chose de bien, hey ? Ce qui se fait de mieux en matière de cuir.

Quelques instants plus tard, on lui remettait une petite valise *smart*, made in Paris, avec courroies, boucles d'argent et tout ça. Il ne la paya pas. Pas un rond. C'est à peine s'il montra les dents en guise de remerciement. Il y entassa les liasses et sortit à l'air libre. Il y avait bien dans ce palace des bureaux de change et des agences bancaires. Mais à quoi bon s'y pointer ? La possession de devises était interdite en ce pays, exception faite pour… et pour… Bah ! Le marché parallèle ferait aussi bien l'affaire. Ali en connaissait les rouages et les arcanes dans presque toutes les villes du royaume. Il n'était pas flic pour rien.

Place Jama-el-Fna, il actionna son briquet-torche, brûla l'enveloppe qui avait contenu la manne. De la pointe de ses baskets il écrasa les cendres, surtout les mots « Inspecteur ALI » qui mirent longtemps à passer de vie à trépas. Puis, il se mit à enfiler les ruelles de la médina.

Omar le reçut avec effusion dans sa boutique aux murs tendus de tentures chatoyantes. Pliés l'un au-dessus de l'autre, cinq ou six tapis de Ouarzazate formaient une sorte de divan. Ils s'y assirent, s'enquirent mutuellement de leur santé, parlèrent des proches et des amis et des amis des amis.

– Untel, dis-tu ? releva l'inspecteur Ali. Il a encore deux ans à tirer. Mais je crois bien que je vais le faire libérer la semaine prochaine.

Omar pleura. Il se moucha. Il dit :

– Qu'Allah te bénisse, Ali ! Tu me dilates le cœur à la limite de la joie.

– Ce n'est rien, Omar. L'erreur judiciaire, ça existe. Elle peut même se fabriquer après coup, hey ?

Joyeux, ils burent force thé à la menthe. Ali mangea des gâteaux au miel, une dizaine pas plus, de ces légendaires *chabbakiyya* dont la double pâte exigeait vingt-quatre heures de soins et deux femmes pour la confectionner. Au moment de partir, il avisa un sac en jute qui traînait dans un coin et y transvasa les fafiots de la belle valise.

– Cinquante mille, laissa-t-il tomber.

– Je te crois, dit Omar. Où ?

– Suisse, répondit l'inspecteur.

Il se leva. Il embrassa son hôte. Il sortit sans se retourner. À celui-là il pouvait faire confiance. Donnant donnant, entre amis. Par les voies insondables du réseau, il n'allait pas tarder à avoir un compte en banque à Genève ou à Zurich. Numéroté. Ainsi donc un gros malin avait cru qu'il pouvait l'acheter ? Lui, Ali ? Et le mouiller par voie de conséquence ? Qu'il aille donc repêcher les tessons du pot de vin dans les eaux du lac Léman – si du moins il avait la chance de remonter la piste jusque-là ! Au fait, il aurait pu doubler la somme, ce *noc*.

L'appel téléphonique lui parvint au cul de la nuit. Il reconnut la voix de François Pétras au premier « allô ». Il dit précipitamment :

– Tu connais la dernière ?

François l'avait devancé d'un quart de seconde et demandait :

– Tu connais la dernière ?

Étrangement, ce fut la même histoire drôle qu'ils se racontèrent à deux voix superposées, tel un dialogue, avec des variantes et des improvisations dues à l'inspecteur Ali. Un chef d'État du tiers-monde survole son pays à bord de son avion personnel, du sud à l'est et de l'ouest au nord. Il a bien mangé, bien bu. Il pénètre dans la cabine de pilotage. Entre le pouce et l'index, il agite un billet de cent francs. Il dit au pilote : « Tu vois ce billet ? Eh bien, si je le jette par le hublot, forcément un de mes sujets va le ramasser et ce sera alors pour lui la fête toute une semaine. – Oui, Excellence », approuve le pilote. « Et si je transforme ce billet en dix pièces de dix francs et que je les jette, ce sont dix de mes sujets qui vont faire un bon repas, forcément. – Oui, Excellence », fait le pilote. « Et si je jette par le hublot cent pièces de un franc, ce sont cent concitoyens qui vont s'acheter un pain chacun, forcément. » Merde ! se dit le pilote. J'espère qu'il ne va pas les convertir en centimes.

Parce que, moi, je préfère faire capoter cet avion tout de suite et ce sont trente millions de mes compatriotes qui vont être heureux.

Ils éclatèrent de rire. Le téléphone en vibra. Puis les résonances décrurent, s'estompèrent.

– Ne raccroche pas, dit François. J'en ai une toute dernière : ton bonhomme aux empreintes digitales est inconnu au bataillon.

– Ah oui ? rétorqua Ali. Cette bonne blague ! J'en ris et j'en pleure à la fois. Tu es présentement au service du chiffre. Tu viens de décoder le message.

Il y eut une pause.

– Comment le sais-tu ?

– Élémentaire, mon cher Pétras. Tu aimes bien passer une bonne nuit dans ton plumard en compagnie de ta tendre épouse. C'est l'âge qui veut ça, la routine. Et aussi ce bon et cher pays où tu finis ta carrière en paix. Pour que tu sois debout à pareille heure, c'est qu'on t'a réveillé en sursaut. Tu as bondi dans ta voiture et tu as gagné ton bureau. Juste ?

– Juste, ouistiti. Tu es sûr qu'il n'y a pas de micro dans ta chambre ?

– Sûr, affirma l'inspecteur Ali. Pas de caméra non plus. Je suis comme qui dirait le spécialiste incontournable des perquisitions. Vas-y, raconte.

François Pétras raconta et Ali écouta. Il dit en manière de conclusion :

– Putasse ! Dans quel merdier me suis-je laissé fourrer ?

Il raccrocha, alluma une cigarette, la fuma à toute vitesse, écrasa le mégot dans un beau cendrier de jade. Ensuite il se leva. Il alla uriner dans la salle de bains, à grands jets. Il tira la chasse d'eau et, lorsque le réservoir se fut de nouveau rempli, il tourna le robinet de droite à gauche, à fond. Il revint dans la chambre, ferma le thermostat de la climatisation, débrancha le mini-bar et le téléphone, tira soigneusement les rideaux et les doubles rideaux. Puis il s'assit en tailleur sur le lit, bouche ouverte pour ne pas entendre le bruit de sa propre respiration. Il lui fallait le noir le plus total, un silence de néant. Longtemps, il écouta ses os, écouta ses pensées. Les yeux clos, il fit défiler le film des événements depuis le début, depuis un certain matin où on était venu le réveiller en plein rêve. Il n'oublia rien, pas un mot prononcé depuis lors, pas un geste des personnages qu'il avait côtoyés. Patiemment il se mit à assembler les morceaux, tels qu'ils se présentaient. Et soudain la vérité jaillit.

Il était si excité qu'il ne retrouva le sommeil que deux minutes plus tard. Trois peut-être bien.

Il se réveilla de bon matin, aux alentours de dix heures. Frais et dispos. Il prit son petit déjeuner jusqu'à la dernière goutte de thé, jusqu'à la dernière miette de beignet. Il se rasa, se pomponna. La valise qu'on lui avait offerte la veille, il la remplit de babioles : le nécessaire de toilette qui traînait dans la salle de bains, un chausse-pied, les serviettes, le cendrier en jade, le pyjama en soie qu'il n'avait pas étrenné durant la nuit. À la réflexion, il embarqua également les draps, en soie eux aussi. Il n'oublia pas les taies d'oreiller. Il fallait bien penser à Sophia, sa future épouse. À sa peau si douce, habituée au linge de grande maison.

Son bagage à la main, il s'en fut trouver le directeur. Il ouvrit la porte de son bureau sans frapper. Il dit :

– Terminé, monsieur. Je suis obligé de vous quitter, la mort dans l'âme. Votre hospitalité m'a dilaté le cœur. Je ne l'oublierai pas de sitôt. C'est pourquoi j'emporte avec moi quelques souvenirs dans cette valise. Vous êtes d'accord, j'espère ?

– Tout à fait, répondit le directeur, pris de court. Et cette petite affaire qui vous a amené parmi nous ?

– Oh ! pas grand-chose à vue et à snif de nez. Mais il me faut vérifier au fichier central, comprenez-vous ? La routine, les rapports à taper avec deux doigts en triple exemplaire. Mais je vous rassure tout de suite, immédiatement, sans plus tarder : la Mamounia est vierge. À propos, puis-je dire au revoir à votre charmante secrétaire, Mlle Naïma ?

Le directeur eut un demi-sourire.

– C'est son jour de congé, dit-il. Puis-je lui transmettre un message de votre part ?

– Non. Je repasserai par ici à l'occasion. Y a-t-il quelqu'un dans ce palace dont la fonction principale est d'appeler les taxis ? J'en veux un bien solide, avec un bon chauffeur, pour me conduire à Casablanca.

– J'ai précisément quelques affaires à régler là-bas. Si vous n'y voyez pas d'inconvénient, je vous emmène dans mon jet privé.

– Aucun inconvénient. On sert une collation à bord ?

– Plus qu'une collation, faites-moi confiance, dit le directeur.

Ceinturé sur son siège-sleeping, l'inspecteur Ali se délecta d'un tagine de mouton aux mloukhiyyas, des pavots frais de jardin, bien lubrifiés, voire gluants. C'était ce qu'il lui fallait – dans l'attente d'une rose de chair perlée de désir et de feu. Au dessert il se contenta d'une grosse figue brune. Il l'entrouvrit en deux, de la pointe de la langue la lécha. Assis en face de lui, le directeur de la Mamounia annotait un dossier. Il ne mangea rien. Peut-être était-il au régime ? Va savoir ! Ni l'un ni l'autre ne fit la moindre allusion à une certaine enveloppe en papier kraft qui avait atterri dans la chambre d'Ali par les vertus du tapis volant. Et ce fut tant mieux. L'inspecteur eût été bien en peine de bâtir un roman tarabiscoté en pleine digestion.

Il prit congé de son hôte à l'aéroport Mohammed-V. Il le gratifia même d'une poignée de main. Il lui remit le passeport et les cartes de crédit qu'il avait piqués à l'émir des alcools.

– Je n'ai pas de conseil à vous donner, lui dit-il. Vous êtes plus âgé que moi, sensiblement. Vous êtes dans le métier et moi pas. Mais, si j'étais à votre place, je ne recevrais plus ce type. S'il traficote et merdouille dans son pays, libre à lui. Mais qu'il se comporte en rustaud chez nous, ça non !

Rendez-lui donc ses papiers. Il doit être rien du tout à l'heure qu'il est, réduit à l'état d'Arabe sans son fric.

Il n'ajouta pas que les devises qu'il avait distraites malgré lui dans le sac-banane du Koweitien étaient mieux à l'abri dans la poche de son jean. Ça ne regardait personne, hey ?

5.

Sophia. Sophia toute de blanc vêtue. Il l'avait serrée dans ses bras, presque au même endroit du jardin où il l'avait connue coraniquement quelques jours auparavant. Il l'avait embrassée dans le cou, doucement, tendrement. Famélique et timide dans sa passion de collégien, il s'était repris à plusieurs fois pour lui murmurer à l'oreille :

– Je t'aime. Tu es ma vie, mon foie, ma demeure. Je te dis « *ahibek* » dans la langue de notre pays. Je te dis en français « je t'aime », vu que j'ai été au lycée en mon jeune temps, pas jusqu'au bac, mais presque. Dois-je ajouter en américain « *I love you* » pour que mon amour ait droit de cité ? À tout de suite, Sophia chérie. Aie confiance en moi.

Il s'en était allé le long de l'allée fleurie, peuplée de chants d'oiseaux. Une à une, il avait gravi les marches du perron.

Et maintenant, assis face à son hôte dans ce merveilleux salon du XVe siècle, il rassemblait ses idées et ajustait sa langue dans sa bouche.

– Je ne suis pas un détective de roman policier, commença-t-il, mais un inspecteur de police dans la vie réelle, ici et maintenant. On m'envoie parfois en mission dans les « pays arabes frères », comme on dit pour masquer leurs divisions. En Occident aussi. Mais c'est partout le même double langage. Pour pouvoir m'y reconnaître et garder la tête froide, sinon garder ma tête vivante sur mes épaules, il m'a fallu la patience et la ténacité d'un bourricot de chez nous. Où que l'on vive en cette misérable fin du XXe siècle, tout est devenu suspect : les gens, les sentiments, les idéologies, les religions, les mots. Surtout les mots. Sans parler de l'argent, du nouvel ordre mondial, de la démocratie à deux poids deux mesures, de la *pax hebraïca* dont on nous abreuve à pleins médias depuis le 13 septembre, ou du Coran qu'on nous psalmodie soir et matin de Rabat à Djakarta. J'ai drôlement lutté pour ne pas être suspect à mes propres yeux, comprenez-vous ?

Le président-directeur général de la Banque centrale garda le silence un bon moment. Puis il dit :

– Continuez.

– Oh oui ! je vais continuer, répondit l'inspecteur Ali avec une sorte de désespoir tranquille. J'en ai lourd sur la patate. J'en ai vu, des coups tordus. Mais celui-là est le plus vicieux de tous. Écoutez bien.

– J'écoute, dit le président.

– L'affaire est simple, montée de main de maître. Un beau matin, on trouve un cadavre chez vous. Tout vous accuse, depuis le début : le mort dans une poubelle de votre propriété, la balle qui l'a tué, votre revolver qui a disparu et qui a tiré cette balle.

– Pourquoi moi ? demanda le président. Je ne comprends pas.

– Vous ne comprenez pas ? cria Ali. Vous êtes devenu suspect aux yeux de beaucoup de gens. Vous avez pris trop d'importance dans les hautes sphères, vous faites de l'ombre à quelqu'un. Alors on a voulu vous détruire. On a tué une espèce de Libano-Saoudien quelque part dans cette ville, avec votre arme qu'on avait piquée auparavant. Un trafiquant d'armes. On a placé le macchabée chez vous. Et pour vous mener à votre perte, on a fait appel au pitre de la brigade criminelle. Le pitre, c'est moi. Le jobard, le corniaud. Avec moi, l'affaire était empaquetée en un tournemain, ficelée avec un ruban.

Les vasques musicales égrenèrent leur mélodie séculaire durant quelques instants, rythmée par deux souffles courts.

– Qui… qui a pu faire ça ?

– Les services secrets, bien entendu. Ils sont forticheses, vous savez.

– Et qu'en est-il à présent ? Espérez-vous rétablir la vérité, selon les lois de l'équité ?

– Je n'espère rien du tout, rétorqua l'inspecteur Ali. Je ne vis pas d'espoir. J'agis. L'affaire est bouclée. À ma manière, suivant mes petites cellules grises de pitre. Vous êtes hors de cause. Le dossier que j'ai établi en apporte toutes les preuves. Dans une petite demi-heure, il sera remis à qui vous savez.

La symphonie des eaux se tut. La voix du président Mohammed s'éleva.

– Comment ça ? Comment avez-vous fait ?

– J'ai fait le singe, dit l'inspecteur Ali. On a voulu se foutre de moi : je me suis foutu d'eux. Primo et d'une : en ce qui concerne les antécédents de la viande froide, j'ai fait appel à d'autres services secrets, étrangers. Je leur ai fourni certaines informations dont ils avaient grand besoin et ils ont fait le travail en mes lieu et place. Ni vu ni connu. Secundo et de deux : je me la suis coulé douce à l'hôtel Mamounia ces jours-ci, pendant que mes propres enquêteurs suivaient mes instructions à la lettre. Ils ne font pas partie de la police, ni de près ni de loin. Ce sont de pauvres bougres qui, malgré leur misère, essaient de vivre dans un monde propre. Des gens comme ça, ça existe encore par légions, vous savez. Ils ont substitué au cadavre un autre cadavre, en pleine nuit, dans l'armoire frigorifique de l'institut médico-légal. Auparavant ils lui avaient tiré une balle dans la tête, avec une arme tout à fait différente de la vôtre. Ils lui ont fignolé la barbe à la perfection, exactement comme le mort trouvé dans votre poubelle. Ils lui ont tiré le portrait, ils ont placé les épreuves photographiques dans le tiroir idoine. Ce sont des as de la cambriole, je vous en réponds. Les empreintes digitales, dites-vous ? Je les ai chourées le premier jour de l'enquête, à la morgue. C'est tout. Terminé, monsieur.

Quelqu'un se leva, fit quelques pas, s'arrêta. Une voix brisée demanda :

– Vous êtes le diable ou quoi ?

– Je me le demande parfois, répondit Ali avec modestie.

Deux mains se posèrent sur ses épaules. Un sanglot se fit entendre.

– Pourquoi… pourquoi avez-vous agi avec bonté envers moi ?

– Parce que vous êtes bon dans l'âme. Il y a dix-huit ans, vous avez recueilli une petite fille abandonnée dans le bled. Vous l'avez élevée avec amour, de telle façon qu'elle vous donne plus de satisfaction que vos propres enfants. Une certaine Sophia.

– Vous savez ça aussi ?

– Je sais tout, dit l'inspecteur. Le vieux connard censé être son père et qui l'avait abandonnée, vous l'avez recueilli, lui aussi, quelques années plus tard. Je l'ai fait mettre en taule pour un motif inventé de toutes pièces. Il le mérite, ce salopard de parâtre. C'est ma justice à moi, ma pitrerie, ma corniauderie. Et cessez de pleurer comme une midinette. Vous allez me faire pleurer, MOI. Moi qui ai les yeux secs et un cœur de caillou.

Il se leva, se laissa embrasser. Le président dit :

– Comment puis-je vous remercier, monsieur Ali ?

Ali n'hésita pas une seconde. Il se lança dans l'exercice de la vérité directe et brutale.

– Si j'étais tout seul, je ne vous demanderais rien, sauf un peu de votre amitié. Mais demain ou après-demain, je vais me marier. Avec Sophia. (Il leva la main.) Oui, avec Sophia. Je ne vous l'enlèverai pas tout à fait, je sais que vous la chérissez. Elle sera simplement ma femme, devant Allah et les hommes. Je l'aime et elle m'aime. Nous nous sommes même connus bibliquement sous la tonnelle de votre jardin, il y a quelques jours. Elle est en train de préparer ses bagages. Je serais marri de la faire vivre dans mon taudis.

Le président Mohammed partit d'un grand éclat de rire.

– Oh vous alors ! s'écria-t-il. Rassurez-vous : j'ai une villa achetée en son nom, voici longtemps. Elle sera la vôtre aussi.

– Vous êtes un ange, dit l'inspecteur. Tenez, voici le numéro de mon compte en banque en Suisse. Si vous voulez bien y verser la dot de Sophia. À votre bon cœur, monsieur le Président.

– Oh vous alors ! répéta celui-ci avec admiration.

– Xactement, conclut Ali. Oh moi alors ! Il faut bien vivre.

Il vira sur ses talons et s'en fut, chantant à tue-tête une mélodie de sa composition :

Je n'ai ni père ni mère,
Je n'ai ni tante, ni oncle, ni ami,
À qui confier la joie qui me consume.
Je n'ai que le vaste monde…

DU MÊME AUTEUR

Le Passé simple
Denoël, 1954
et Gallimard, « Folio », n° 1728

Les Boucs
Denoël, 1955, 1977
et Gallimard, « Folio », n° 2072

L'Âne
Denoël, 1956

La Foule
Denoël, 1961

Succession ouverte
Denoël, 1962
et Gallimard, « Folio », n° 1136

Un ami viendra vous voir
Denoël, 1966

De tous les horizons
Denoël, 1968

La civilisation, ma mère !
Denoël, 1971
« Médianes », 1983
Gallimard, « Folio », n° 1902
et « Folioplus classique », 2009

Mort au Canada
Denoël, 1975

Une enquête au pays
Seuil, 1981
et « Points », n° P656

La Mère du printemps
Seuil, 1982
et « Points », n° P163

D'autres voix
Soden, 1986

Naissance à l'aube
Seuil, 1986
et « Points », n° P655

L'Inspecteur Ali
Denoël, 1991
et Gallimard, « Folio », n° 2518

Aït Imi, le Maroc des hauteurs
(en collaboration avec Michel Teuler)
Eddif, 1991

Les Aventures de l'âne Khâl
Seuil, « Petit Point », n° 47, 1992

L'Homme du livre
Balland, 1995
et Denoël 2011

L'Inspecteur Ali à Trinity College
Denoël, 1996

Vu, lu, entendu
Mémoires, vol. 1
Denoël, 1998
et Gallimard, « Folio », n° 3478

Vu, lu, entendu
Mémoires, vol. 2
Le Monde à côté
Denoël, 2001
et Gallimard, « Folio », n° 3836

L'homme qui venait du passé
Denoël, 2004
et Gallimard, « Folio », n° 4341

Une vie sans concessions
(en collaboration avec Abdeslam Kadiri)
Zellige, 2009

COMPOSITION : NORD COMPO À VILLENEUVE-D'ASCQ
IMPRESSION : CPI BRODARD ET TAUPIN À LA FLÈCHE
DÉPÔT LÉGAL MARS 2012. N° 106139. (67144)
IMPRIMÉ EN FRANCE